CW00687400

I Narratori / Feltrinelli

STEFANO BENNI
PANE E TEMPESTA

Feltrinelli

© Giangiacomo Feltrinelli Editore Milano
Prima edizione ne "I Narratori" ottobre 2009

Stampa Grafica Sipiel Milano

ISBN 978-88-07-01791-9

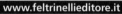

Come varia il pianto secondo de le emozioni, similmente complicato et prezioso et ogni volta diverso è il ridere.

LEONARDO DA VINCI

Parte prima

Il risveglio del Nonno Stregone

Nei sogni della notte i cattivi chiedono perdono e i buoni uccidono.

Ma dietro gli occhi chiusi, ognuno mantiene il proprio segreto.

Perciò non sapremo mai cosa sognava il Nonno Stregone quella notte, quando all'alba il suo naso si svegliò.

La prima cosa, infatti, che il nonno faceva ogni mattina, non era aprire gli occhi ma annusare.

Era quella la prova di aver passato un'altra notte e di essere ancora momentaneamente vivo.

Aprendo gli occhi avrebbe infatti visto il buio e le ombre della sua stanza. E avrebbe potuto trovarsi ancora in qualche onirico inganno o oscuro mondo parallelo.

Ma annusando non poteva sbagliare.

Se avesse sentito odore di zolfo e alcol per accendere il grill, quello poteva essere l'inferno. Odore di pane e mosto, il paradiso. Sul purgatorio non aveva le idee chiare, ma pensava che odorasse di semolino.

A volte il Nonno Stregone temeva di svegliarsi negli odori di una vita passata. Ad esempio, un rude aroma di coperta militare e insalata di piedi lo avrebbe riportato in caserma. Matita e gesso di lavagna, era di nuovo bambino sul banco di scuola. Nebbia e lana di passamontagna, in bici verso il lavoro. Inchiostro e piombo, la tipografia.

Ma se avesse sentito odore di lavanda e peperonata, allora al suo fianco, nel letto, ci sarebbe stata la Jole. Perché la Jole, compagna della sua vita per lunghi anni, emanava quell'odore fascinoso e meticcio: i suoi capelli prima biondi e poi bianchi avevano un buon odore di shampoo, ma cinquant'anni di aerosol alla peperonata in cucina li avevano permeati, e non c'era lavaggio che potesse scindere questo connubio.

Il nonno si commosse al ricordo e questo si concretò non in lacrime ma in un peto.

Il peto era la prova della sua solitudine. Per anni aveva represso queste necessarie manifestazioni notturne per rispetto alla Jole. A volte si alzava di notte, andava sul terrazzino e modulava. Chi passava poteva pensare che lassù ci fosse un gatto, o un sassofonista insonne. A volte un amico transitava e per solidarietà rispondeva in controcanto.

Poteva accadere però che un sol diesis subdolo e indomabile partisse. Allora la Jole si muoveva un po' nel letto, borbottava qualcosa, o faceva finta di niente.

Il peto del nonno quella mattina si perse nell'aere e nessuno protestò.

Se un diavolo avesse risposto con solforoso contrappunto, sarebbe stato all'inferno.

Se un angelo avesse purificato l'aria con un turibolo d'incenso, sarebbe stato in paradiso.

Se un ragioniere di Varese avesse protestato, sarebbe stato come quella notte nel wagon-lit.

Nulla accadde e così il nonno pensò che era nuovamente e momentaneamente vivo, nel solito mondo.

Ma voleva la prova certa.

Annusò con più forza e sentì odori che lo rassicurarono.

Odore di pane, anzitutto.

Meraviglioso profumo di pane, dalla bottega del fornaio, prova dell'operosità umana e della quotidiana lotta per la sopravvivenza. Al profumo si accompagnava la vigorosa voce del fornaio Selim che intonava una versione italo-egizio-punk di *E se domani*.

Poi il nonno annusò odore di caffè. Nel suo naso entrarono la Colombia, l'Arabia, Maracaibo, le navi del pirata Morgan e Posillipo. Il bar stava aprendo.

Così si accinse ad alzarsi e a compiere le ventisette azioni che un umano adulto deve compiere per riprendere il proprio posto nel mondo. Riatteggiarsi a bipede, lavarsi, vestirsi, calzarsi, riempirsi le tasche di oggetti rituali, controllare che niente manchi eccetera.

L'uomo primitivo, pensò il nonno, doveva fare solo tre cose.

Alzarsi con cautela, per non dare una testata nella caverna, e pisciare.

A volte le due azioni erano contemporanee.

Non doveva togliersi il pigiama e vestirsi perché il vestito notturno e quello da lavoro erano uguali: una pelle di scimmia o di altro donatore.

La terza azione era grattarsi il cranio e constatare l'assenza di un dentifricio, di una caffettiera, di un tostapane e di altre future ideazioni. Così, deluso ma leggero, usciva dalla caverna per una nuova giornata.

Il passaggio dalle tre azioni fondamentali del pitecantropo alle ventisette dell'umano medio si chiamava civiltà.

Il Nonno Stregone scese dal letto.

In giovane età si balza giù dal giaciglio come i gatti, in un colpo solo. All'età del nonno si scende come un pitone che ha mangiato sei angurie, un gradino alla volta.

Soprattutto, una volta in piedi restavano molte cose da fare.

Alcune assai insidiose, come ad esempio indossare i pantaloni.

I pantaloni hanno tre anime e tre volti.

Vanitosi, pacifici e ben stirati nella vetrina del negozio.

Informi, goffi e dormienti quando li fai cadere a terra o li posi sulla sedia.

Complicati, litigiosi e pieni di biforcazioni quando li devi infilare alla mattina, specialmente se hai fretta.

Ma ancora più subdoli sono i calzini.

Il Nonno Stregone aveva stabilito che, alla sua età, tre erano i modi possibili di infilarli.

Uno, posizione detta "della spogliarellista", steso sul letto con una gamba sensualmente sollevata. Tempo necessario all'impresa: un minuto, salvo perforazione del pedalino da parte dell'unghia dell'alluce.

Due, posizione eretta "gamba sulla sedia". Unico rischio, uno schianto del legno o un colpo della strega.

Tre, posizione "riciclami": andare a letto coi calzini e usare gli stessi la mattina dopo. La meno igienica ma la più rapida.

Inoltre, nello scegliere il paio bisognava tener conto dell'esistenza della LIC, Legge di infedeltà del calzino, che dice così:

Un calzino, messo nel cassetto,
cercherà quasi sempre di far coppia con un calzino diverso.

Quindi i pedalini tendevano a sfuggire a una banale similarità e formavano duetti fantasiosi: corto nero con lungo blu, cotone cannettato con lana a losanghe, e così via.

Poi bisognava pisciare con paziente calcolo balistico. Poi...

Ma il Nonno Stregone era ancora uno splendido settantenne. Dopo aver compiuto le ventisette operazioni della civiltà umana, scese le scale e si trovò in strada.

Il Nonno Stregone va al bar

Il nonno usava dormir poco, quindi era appena l'alba.

Il sole stava sorgendo e si nascondeva tra i merli delle vecchie mura come una spia. Tutto taceva, nel paese arrampicato in cima al monte, nemmeno il soffice passo di un gatto sull'acciottolato delle antiche strade, né il canto sgraziato di un corvo, né una voce o una musica dalle finestre chiuse. E il logorio lontano della fontana, così pacato da sembrare un ulteriore invito al silenzio. E in cima al paese, nel castello abbandonato dei Settecanal, i fantasmi si erano appena svegliati e uscivano dalle crepe nei muri.

I passi del nonno risuonavano e lui pensava a quel luogo in cui era nato, da cui era partito, a cui era tornato.

Continuavano a chiamarlo Montelfo, o il Paese del Buon Vento, ma non assomigliava più al suo nome. Il clima si era avvelenato. Mutava a bufere e strappi, gelate e calure, come un amore ormai consunto procede per litigi e riappacificazioni, vampate d'astio e momentanei perdoni. I delitti che avevano spezzato le stagioni del mondo erano ricaduti anche su quella bella valle.

Ma quel giorno di settembre un po' di sentimento era tornato, nel ricordo di altri autunni. Il cielo era luminoso e pulito.

Per giungere alla piazzetta del bar, il nonno doveva fare circa trecento passi. Conosceva quel tragitto pietra per pietra, tanto che in tempi passati gli piaceva farlo a occhi chiusi. Ma non rischiava più dal giorno che la più grossa mucca della valle lo aveva preceduto, lasciando traccia indubbia e fumante.

Quindi con trecentodue passi arrivò e vide l'insegna del Bar Sport tremolare nei vapori del mattino.

La serranda era ancora mezza abbassata, ma da dentro venivano rumori di sedie scostate e fragranza di multiforme pasticceria.

Fuori, la rugiada ingioiellava sedie e tavolini.

Il nonno si sedette vicino al parapetto del belvedere, a guardare il bosco.

E sentì quel rumore. Un suono inconfondibile, stridente e crudele, anche se dotato di musicale vigore.

Era un albero che veniva abbattuto e cadeva, schiantandosi e facendo crepitare i rami.

Così il nonno capì che qualcuno stava scavando un sentiero nel bosco. Sentì il grido degli scoiattoli, quando la loro quercia condominiale crollò. Sentì una frana di castagne e il lamento delle radici.. Vide volar via uno sciame di storni. Il capobranco era color marron cosacco, con un occhietto un po' guercio.

Il nonno ci vedeva come un falco, avvertiva ogni piccolo rumore, fiutava come un segugio, parlava con gli animali, conosceva la lingua gioiosa dell'acqua dei torrenti e la voce paurosa del pozzo, sentiva cosa accadeva sotto terra e sopra le nuvole. E sentiva il pianoforte del figlio quando suonava in America.

Per questo lo chiamavano Stregone.

Piombino, Alice e altra gioventù

Il Nonno Stregone stette a lungo in silenzio, ascoltando quei lontanissimi rumori.

Le mosche gli ronzarono intorno, come sempre parlando tutte insieme senza farsi capire.

Erano preoccupate.

L'oste Trincone uscì e sedette sulla sua sedia preferita, una sdraio scampata al *Titanic*. Assonnato e maestoso, teneva nella mano destra una tazzina e nella sinistra un bicchiere di grappa. Versò alcune gocce di caffè nel bicchiere di grappa. Questa era la sua concezione di "caffè corretto".

Anche lui sentì i rumori nel bosco e si grattò la testa. Trasse dai capelli una creatura quasi sicuramente vivente, che esaminò con cura e poi riconsegnò all'ecosistema.

Il fedele cane Merlot gli venne al fianco. Con la mano Trincone gli stritolò il muso annodandogli i canini. Era il suo abituale gesto d'amore. Il cane lo ricambiò pisciandogli sulla sedia. Poi andò dal nonno e lo salutò, uggiolando in canile vocalese:

– Uooo oo, oe aiiii?

Che voleva dire: *Buongiorno nonno, come stai?*

– Io sto bene e tu? Come va con la barboncina della farmacista?

Merlot non rispose e pisciò nuovamente. Ci teneva molto alla sua privacy.

Dal fondo della strada avanzarono due figure. Il nonno ne avvertì, prima che la presenza, l'odore.

Una odorava di fiori e anestetico. L'altra, di polvere da sparo e letamaio.

Davanti procedeva una bambina biancovestita, con bionda chioma di arcangioletta. Da tutti i raggi del sole era circonfusa, restituendoli come un prezioso cristallo. Gli uccellini le volteggiavano intorno e i fiori si inchinavano al suo passaggio.

Era Alice, figlia del veterinario Salvaloca, e aveva tredici anni.

A distanza di pochi metri, camminando non sulla strada ma in mezzo all'erba alta, la seguiva un ragazzo malvestito, il volto torvo e i capelli ritti come aculei di istrice. Le ombre degli alberi lo sovrastavano minacciose, le lepri fuggivano alla sua vista e un cespuglio di ortica gli azzannò un polpaccio. Persino un mite merlo lo sorvolò e lo centrò con due bombe al guano.

Era Piombino, nipote del bracconiere Raffica, e aveva tredici anni.

Alice salutò da lontano il nonno, poi si voltò e disse qualcosa a Piombino.

Ma Piombino non rispose, anzi, si nascose ancor più nell'erba alta, pur continuando a seguirla.

Alice amava la natura in tutte le sue forme, dalla più umile bovazza di mucca al più raffinato disegno sulle ali di una farfalla.

Piombino sapeva invece che la natura era matrigna, maleodorante e faticosa. Sapeva che la farfalla vive un solo giorno e il maiale muore strillando.

Nella sua casa piena di spifferi, sotto il granaio dove trottavano topi e ghiri, sul muro scrostato della sua cameretta, c'era un segreto.

Una fotografia di Alice, vestita da Biancaneve alla recita

scolastica. Sullo sfondo, sette nani adoranti. Il terzo da destra era lui, nell'inequivocabile atto di sistemarsi i marroni dentro la calzamaglia verde.

Perché Piombino amava Alice di un amore impossibile, disperato, totale, dolente. E basta così, visto che lo spreco di aggettivi si addice ai sentimenti di romantici benestanti e non a un proletario fanciullo di campagna.

Alice raggiunse il nonno e lo salutò con un gaio sorriso.

Piombino si arrampicò su un albero, precisamente il grande noce che ombreggiava la piazzetta del Bar Sport.

I due adolescenti avevano infatti, oltre a doti rare, una rischiosa prerogativa.

Alice amava e baciava tutti, fiori animali e umani, e la sua bellezza acerba conteneva tutto il sugo e la polpa del futuro frutto. Questo attirava in ugual misura cerbiatti e bruti. Era anche brava a scuola, per quanto spesso fuori tema. Per finire, giocava a tennis con incantevole grazia, e il suo punto di forza era il rovescio accompagnato da un urletto furente, con cui essa imitava celebrate e belle campionesse.

Piombino non era amato, ma temuto, soprattutto per la precisione letale della sua fionda costruita con una forcella di pero e una puleggia da trattore. Aiutava lo zio a fabbricare cartucce, e amava arrampicarsi sugli alberi, infilarsi nei cunicoli, scoprire tane, mettere trappole. E parlava con gli gnomi, specie quando aveva masticato un po' di erba stramonia. Ma si portava dietro una maledizione. Gli alberi se lo scrollavano di dosso. Gli animali, conoscendo il mestiere dello zio, lo attaccavano. E lui lottava, contro il destino e contro il rivale in amore, Giango.

Il garzone di bottega Gianni detto Giango, odoroso di gel e brioche uscì dal bar, e guardò Alice con sguardo fecondatore: nipote dell'oste Trincone, lavorava come aiuto barista dall'età di sette anni, quando ancora non arrivava al bancone e serviva il vino in piedi su una sedia.

Ora era un quindicenne assai moderno, con la chioma cementata dal gel fino a formare un rostro, una banana meccanica, una polena perforante, che usava come arma negli scontri ai concerti.

Era altresì il cantante e leader dei Kastagna, gruppo rock amatissimo e odiatissimo di rural-brutal, o badilmetallo. Con lui suonavano Nerofumo, bracciante e batterista, Bum Bum Fattanza al basso e Bubba Bonazzi, mungitore di chitarra elettrica. I loro pezzi più famosi erano *Calcio di vacca* e *Mamma guarda vado senza mani*. I loro concerti erano leggendari e rumorosissimi. Avevano suonato ovunque, dalla Sagra dello Gnocco Fritto ai rave party, dalla discoteca Picchio Verde al mercato ortofrutticolo. E ovunque erano risse, sbronze, sputi e lancio di ortaggi. Avevano anche inventato il mute-rock. Sparavano musica a tutto volume per un minuto, centocinquanta decibel, fino a rendere sordo il pubblico. Poi facevano finta di suonare per il resto del concerto. Furono scoperti solo una volta, da un operaio di martello pneumatico che i decibel se li mangiava.

I Kastagna erano il gruppo più celebre della zona, insieme ai Veterans, band di rockettari ormai sessantenni con pance sfavillanti e chiome cotonate. Poi c'era l'orchestra di liscio Zaira e gli Arcangeli, la cui cantante Zaira era celebre per essere l'unica cantante al mondo più bassa dei tacchi delle proprie scarpe. I quali tacchi, invece che a spillo, erano a mattarello da sfoglia.

Giango, come molti badilmetallari, era sempre vestito di nero e ostentava un piercing nasale che si era fatto da solo. Si era sparato una graffa da falegname non in una sola narice, ma in tutte e due. Perciò respirava a fatica e parlava con voce un po' fessa.

– Bella Alice, cosa vuoi? – chiese.

– Io vorrei una tisana alle erbe di campo, – disse la radiosa – e lei nonno, cosa prende?

– Una tisana di acini – rispose il nonno.

– Io mangio le noci – disse Piombino, visto che nessuno lo interpellava.

Annunciato dal suo famoso "rutto Mameli", perché durava circa come l'inno patrio, riapparve sulla soglia l'oste Trincone il Nero, così chiamato per la folta barba corvina. Era il più grande dei quattro fratelli: oltre a lui, Trincone Toro, Trincone Carogna e lo scomparso Trincone l'Amoroso. L'oste era reduce da una notte agitata in cui lui, Archimede Archivio, Ispido Manidoro e il benzinaio Diogene avevano discusso della vita, della morte e della possibilità di gradazioni intermedie, ad esempio una sbronza di sei giorni.

Ora Trincone respirava l'aria della mattina e si radeva usando del gelato alla vaniglia come crema da barba. Il rumore del rasoio sulla pelle era quello dello scorticamento di un elefante.

– È arrabbiato, signor Nero? – chiese Alice.

– Un pochino – disse Trincone. E stava per sparare la sua famosa bestemmia ecumenica che aveva come base il porco e come altezza tutti i maggiori rappresentanti delle religioni monoteiste e anche la Trimurti, Giove Grabovio, Pomone Poprico e alcuni rari culti pagani dell'Oceania. Ma per non sgomentare Alice disse:

– Sono arrabbiato sì, porco il quaderno di suor Priscilla.

Suor Priscilla, si sapeva, aveva un quaderno sul quale, come in un album di figurine, aveva incollato seimila santini, e faceva scambi via posta con suore di tutto il mondo.

– E cosa ti preoccupa, mio buon amico? – disse il nonno.

– Lo sai benissimo, Stregone, – disse l'oste – hai sentito i rumori nel bosco? Una ruspa gigante sta aprendo la strada, poi arriveranno le seghe meccaniche. Faranno una strada. E qua, nel belvedere del bar, vogliono fare degli appartamenti, un ristorante di lusso e un supermarket e un circolo tennis, anche se non capisco perché "circolo", i campi da tennis sono quasi quadrati.

– Te lo spiegherò un giorno, – disse il Nonno Stregone – ma anch'io sono preoccupato. Sono anni che vogliono rifilarci una speculazione edilizia.

– Ma ci sono decine di case da riparare, terremotate, pericolanti, abbandonate, perché costruire ancora? – disse Alice.

– Proprio in mezzo agli alberi devono passare? – borbottò Piombino.

– Le case vuote valgono più delle piene, – disse il Nonno – e un terreno nudo vale più di un bosco. Adesso che farai, Trincone?

– Io il bar non lo vendo, – disse l'oste – ma vedrai che in qualche modo riusciranno a distruggere tutto. Finirà come Troia, come Pearl Harbour, come una grandinata sul moscatello, come una retrocessione in serie B.

– Povero bosco, – sospirò Alice – che ne sarà delle querce centenarie?

– E che fine faranno le lepri? – disse Piombino.

– Ganzo, però, se costruissero un albergo – disse Giango. – Se fanno la tavernetta-discoteca, ci potrei suonare.

Si udì il grido di un grande castagno, morso a un fianco dalla sega.

– Maledetti – disse Trincone. – Saliranno fino qui...

– Stai tranquillo, Trincone – disse il Nonno Stregone. – Sapremo difenderci. Mi ricordo parecchi anni fa, ai tempi di tuo padre...

La prima battaglia del Bar Sport

– La prima battaglia del Bar Sport si svolse anni fa, – disse il nonno – ed ebbe inizio con la scomparsa dell'oste Tramutone Secondo.

Tramutone Secondo era figlio del grande Tramutone Primo e nipote del mitico fondatore del bar, Trincone di Saslà.

Secondo era un personaggio leggendario, che fece del Bar Sport il punto d'incontro di filosofi, ubriaconi, tecnici sportivi, sparaballe, fancazzisti, narratrici e comari di tutta la valle.

Era grosso e gioviale, con un nasone rosso che dopo il quarto litro brillava come un catarifrangente. Nelle notti di nebbia, quando tornava a casa, poteva essere scambiato per il retro di una lambretta. Naturalmente era un grande enologo. Se gli facevi assaggiare un bicchiere di vino ti diceva non solo l'annata e la vigna, ma anche il piede di chi aveva pigiato l'uva, perché allora l'uva veniva spremuta così.

Degustava e sentenziava:

– Moscato della vigna piccola di mio cugino, con retrogusto di frutta e del piedino della moglie Eleonora.

Oppure:

– Trebbiano della terza collina a monte di Alfredo, retrogusto di mandorla amara e taleggio, mostato quindi da Alfredo in persona, con un piccolo riflesso mielato perché qualche ape gli ha probabilmente beccato un piede mentre pigiava.

Oppure:

– Morello scadente con retrogusto di gomma e lucido Brill, perché Gandolino era tanto ubriaco che non si è neanche tolto le scarpe.

Tramutone era anche un grande facitore di spuntini e panini. Il suo panino Mistero, con mortadella e ingrediente segreto, fu l'attrazione del bar per molti anni. Finché qualcuno scoprì che in inverno, quando era raffreddato, Tramutone non teneva in tasca un fazzoletto ma una fetta di mortadella. Questo era il segreto del sapore inimitabile.

Tramutone scomparve vittima di un incidente sul lavoro, che vi racconterò.

Sotto il bar c'era una cantina, odorosa di formaggi e insaccati, nonché ricca di botti e damigiane. Ogni anno Tramutone in persona andava a tramutare, cioè a spillare il vino nelle bottiglie.

Andava con l'amico enologo e filosofo Archimede detto Archivio, inventore della costante di Bevnoj, con la quale fu risolto il seguente paradosso enometrico:

Da quattro damigiane da cinquantaquattro litri
si ricavano centosettantasei bottiglie da un litro.

Aritmeticamente c'era un errore, un ammanco, che si poteva spiegare solo applicando la famosa costante di Bevnoj, o CdBN, cioè:

$$4 \times 54 = 216 - 40 \,(CdBN) = 176$$

Quattro per cinquantaquattro uguale duecentosedici litri,
meno quaranta litri che ce li beviamo noi

Quell'anno c'era da spillare una botte di Sangue di Giove particolarmente promettente, Tramutone raccontava che già guardando i grappoli in settembre si era sentito turbato.

C'era grande attesa nel bar e in tutta la valle per questa nascita.

Una notte senza vento, Tramutone e Archivio si recarono in cantina e in religioso silenzio si apprestarono all'operazione. Le bottiglie erano allineate in fila per dieci, come obbedienti soldatini. La macchina dei tappi e l'imbuto erano pronti. C'era un'atmosfera da rito sacro, da evento storico, da miracolo.

Tramutone introdusse nella damigiana il cannello tramutatore, quello che avrebbe dato il via alla cerimonia. Aspirando, avrebbe causato il primario fiotto, lo sgorgare iniziale del vino, il big bang.

Egli accostò il cannello alla bocca e succhiò il primo sorso.

Avrebbe dovuto, a quel punto, separarsi dal cannello e versare il vino così sollecitato nell'imbuto e nella prima bottiglia.

Invece restò a occhi spalancati, continuando a sorbire. Il vino aveva un corpo, un sapore, un incanto tali da non permettergli di staccarsi.

Archivio rise e commentò: – Ti piace davvero eh, ti vuoi fare tu il primo litro!

Dopo una decina di minuti cominciò a preoccuparsi. Tramutone continuava a succhiare il nettare, e un'espressione di beatitudine gli dipingeva il viso paonazzo. Il naso brillava come un rubino e la pancia si gonfiava mentre, immobile come un Buddha, si faceva permeare dal magico Sangue di Giove.

Invano Archivio cercò di staccarlo. Con una vigorosa manata Tramutone lo spedì a schiantarsi sul muro e continuò a suggere.

– Basta amico mio, basta – gridava Archivio.

Ma Tramutone, ormai sbronzo spolpato, in preda al sortilegio di Zeus, continuava a gonfiarsi e aumentare di volume. Metà della damigiana era ormai dentro di lui e lo aveva trasformato in un otre umano. Ogni tanto un po' di vino gli usciva dal naso o dalle orecchie, e getti di vapore alcolico sfiatavano dalle chiappe con lieve rumore, ma Tramutone non si staccava dal suo mortale piacere.

Quando tutti e cinquantaquattro i litri furono spillati, Tramutone, ormai sferico, rotolò lentamente con espressione beata contro il muro e lì rimase.

Così morì felicemente Tramutone Secondo.

Nel bar, dopo alcuni giorni di lutto, si attendeva con impazienza chi avrebbe preso il posto di Tramutone. Si sapeva che lo scomparso non aveva figli, soltanto un nipote cittadino che avrebbe ereditato l'attività. Il suo nome era Gaudenzio. Scese dalla corriera una mattina fredda d'inverno. Era pallido e verdastro come un bruco. E subito ci accorgemmo da tre particolari che era molto diverso dallo zio, e che non sarebbe stato un buon oste.

Primo. Fumava sigarette al mentolo. E Archivio il filosofo soleva dire: – Attenti, chi fuma sigarette mentolate è capace di qualsiasi cosa.

Secondo. Tutti i cani del paese andarono a dargli il benvenuto, e tra i primi Urmerlot e Medora la Smilza e Set Setter e Cuordivolpe e Poldo Scannapolli, e il veterano dei cani Dondolone lo Storpio, che si avvicinò e gli annusò cordialmente le chiappe.

Gaudenzio sobbalzò e gridò: – Di chi è quella bestiaccia?

Non gli piacevano i cani.

Terzo. Aveva il nodo alla cravatta piccolo piccolo.

La sarta Simona Bellosguardo commentò:

– Chi ha la cravatta piccola e stretta, ha piccolo e stretto anche il cuore. Grande nodo, grande cuore. Mio marito Baruch faceva dei nodi che sembravano i tortelli di Golia. E aveva un grande cuore.

– E non solo un grande cuore, – disse Marcella la carto-

laia – se è vero che lo chiamavano Settallumette perché ce l'a-
veva come sette fiammiferi in fila.

– Ma via, un po' di riserbo – arrossì Simona.

– Gaudenzio non è dei nostri – disse scuotendo la testa
Archivio.

– Per me è una brava persona – disse Curnacia il menagramo.

Curnacia come sempre portò sfiga. Non ci volle molto a
capire che Gaudenzio era anche peggio di quanto temessimo.
Convocò subito il garzone di bar Manuele, detto Manolito
per via della tendenza all'autosufficienza erotica. Gli confidò
che quel bar era rozzo e paesano, e così la sua clientela. Avrebbe cambiato il locale da cima a fondo, rendendolo fine e ac-
cogliente come un bar cittadino. Dopo tutto, la strada provinciale era solo a un chilometro. Bastava mettere un cartello: *Bar Sport, vini e spuntini*, e una bella freccia rossa. Le macchine avrebbero deviato e clienti di un certo tipo avrebbero
sostituito clienti di altro tipo.

Quindi preparò le novità.

Rincaro su tutti i prezzi.
Sostituzione della vecchia macchina da caffè Faema Venere
3030, detta la locomotiva del West, fischiante e ululante, con
una nuova macchina che faceva i caffè in tre secondi e sembra-
va un sottomarino nucleare.
Proibito il vino sfuso, solo in bottiglia.
Divieto di accesso ai cani.
Divieto del gioco alle carte.
Sostituzione dei vecchi bicchieri panciuti con magri calici.
Apparizione di file di gomme americane.
Apparizione del Dietor.
Abolizione del flipper.
Affissione dei seguenti cartelli:

La persona civile non sputa
La persona civile non bestemmia
Siete pregati di lasciare il bagno
come se fosse quello di casa vostra.

Ci trovammo in ordine sparso all'entrata del bar. Non ci fu bisogno di parlare. Gaudenzio il pallido bruco doveva andarsene. La prima battaglia del Bar Sport era cominciata.

Entrammo e ci sedemmo al tavolino centrale, quindi ordinammo una bottiglia di vino.
Gaudenzio ci osservava con sospetto.

Intanto una mano furtiva aveva già aggiunto sotto a

La persona civile non sputa
La persona civile non bestemmia

un cartello scritto a mano:

La persona civile non rompe i coglioni al prossimo.

Poi iniziammo a giocare a carte. Cioè, le carte non c'erano, dato che erano proibite. Ma ormai eravamo così bravi a farci i segni che potevamo benissimo farne a meno.

Iniziò quindi il primo tressette virtuale della storia.

Ad esempio, Imoteo il muratore eseguì un piccolo movimento di storcinaso. Voleva dire: scartina a bastoni.
Io guardai il mio partner Archivio il filosofo e feci la bocca a culo di gallina. Voleva dire: io ci metto il cavallo, e lui strabuzzò l'occhio destro che voleva dire: va bene.
Allora Ispido Manidoro si grattò l'orecchio destro per significare: e io ti vado sopra col tre di bastoni.

Il filosofo guardò verso il cielo due volte per dire: ce l'ho nel culo, io ho solo il due. E giocò con uno schiocchetto di labbra il sette.

Era una mano dimostrativa. Ma poi il gioco lievitò di qualità e interesse, sia tattico che mimico. Gaudenzio non poteva far altro che guardare quello scambio di strabuzzamenti, tic, sbuffi, smorfie, ghigni, boccacce, grattate di testa e toccate di coglioni, una specie di alfabeto primordiale con cui declinavamo la nostra grandissima abilità tressettistica.

La partita proseguì a lungo, anzi, si aggiunsero altri due tavoli di tressette virtuale.

Ma ahimè, al nostro quartetto di professionisti si unirono giocatori non altrettanto esperti, e questo iniziò a causare problemi.

Al tavolo numero due si mise infatti a giocare Leolardo, ex norcino in pensione, che soffriva di una serie di tic spaventosi dopo che una notte, tornando a casa, gli era apparso il fantasma di un maiale parlante.

I tic di Leolardo misero in crisi tutto il tavolo. Dichiarò nella stessa partita sei assi di bastoni, il dodici di spade e una carta di cui nessuno conosceva l'esistenza: il tre di porcelli, annunciata da tre rutti consecutivi.

Gli altri giocatori restavano muti, ma il gioco precipitò nelle recriminazioni e in gesti sempre più imprecisi e violenti, quali cazzotti sul tavolo. Gaudenzio cominciava a sospettare qualcosa.

Ma il peggio accadde al tavolo dietro al biliardo, detto il tavolo maledetto perché spesso i giocatori venivano colpiti da bocce rimbalzanti.

Qui giocavano il rottamaio Semioli, detto Semaforo, in coppia con Basettina il barbiere, e dall'altra parte Trincone Toro in coppia con Ottavio la Talpa, novantadue anni, ex vigile quasi cieco che non voleva portare gli occhiali.

Iniziò così: Basettina, che era gay anche se a quei tempi non si diceva così, iniziò a schioccare bacini in direzione del virile e nerboruto rottamaio. Semaforo dapprima registrò il fatto come la dichiarazione di un asso di denari oppure coppe, poi, visto che l'asso non arrivava, iniziò, come da sua prerogativa, a diventare rosso di rabbia. Basettina lo interpretò come un segno di amorosa pudicizia e i suoi bacetti si fecero più ardenti, mandando in crisi l'equilibrio semantico del tavolo. Ma ancor più grave era l'incomunicabilità di Trincone e Talpa. Trincone aveva un bel grattarsi il naso chiedendo il ritorno a spade, la Talpa non lo vedeva e usciva a coppe. Trincone iniziò a fare gesti e suoni esagerati: strabuzzava gli occhi, strisciava carte immaginarie sul tavolo, a un certo punto per chiedere il cavallo di spade nitrì e si mise a galoppare intorno al tavolo con un coltello in bocca. Niente. E Gaudenzio guardava.

Tra prodigi di mimica, si giunse alla partita finale. Dopo un testa a testa appassionante, a Trincone Toro e Ottavio Talpa mancava un solo punto per vincere. Bastava che Ottavio giocasse il due di bastoni. Allora Trincone alzò le mani e invece di picchiettare due volte un dito, come si usa nel nostro alfabeto, tirò due cazzotti sul tavolo da far tremare sedie e bicchieri.

– Hanno bussato alla porta, aprite – disse tranquillo Ottavio la Talpa, e giocò il fante.

Allora Trincone si alzò in piedi e tirò una bestemmia né virtuale né figurata, un porcheccetera così forte e sonoro che fu sentito fino alla chiesa parrocchiale, tre chilometri a nord.

Il parroco arrivò in bicicletta in meno di trenta secondi.

Aprì la porta e disse:

– Passi bestemmiare. Ma bestemmiare così forte da farmi cadere il confessionale, no!

Questo infatti era accaduto, e la signora che si stava confessando, vedendo nel fatto un segno di disapprovazione divina, si fece suora il mese stesso.

In seguito a questi avvenimenti non solo Gaudenzio proibì nel bar il tressette virtuale, ma vietò anche i tavolini all'aperto, quelli dove le donne venivano a dibattere, giocare a scopa ed enumerare gli amori leciti e illeciti del paese.

A questo si sommarono altre cattiverie, quali la sostituzione di tutte le foto di squadre di calcio con quadri di girasoli e pagliacci. Vennero buttate via le cartoline da noi spedite durante i nostri avventurosi viaggi all'estero, soprattutto a San Marino, e vennero eliminati liquori leggendari quali il Tombolino, il millefiori Cucchi, il Brillo mirtillo, la grappa alla caramella mou, il Letamaro e altre delizie.

Furono vieppiù rincarati i prezzi del caffè e delle correzioni, e fu messo, al posto della leggendaria foto del pesce gatto di ventun chili, un televisore a ventun pollici.

A quei tempi qualcuno aveva la televisione in casa, ma quando usciva non ne voleva più sapere. Sapevamo dire balle anche da soli. Quindi nessuno approvò, meno Ottavio Talpa, che nella sua cecità sentiva solo l'audio e continuava a rispondere a tutte le domande di Mike Bongiorno dicendo: – Mi scusi, ma non lo so – e poi aggiungeva: – Ma chi è questo signore curioso che rompe sempre i coglioni?

Inoltre, essendo Gaudenzio sordo, teneva sempre il volume altissimo. E ci proibiva di cantare a gola spiegata l'unico momento televisivo che davvero amavamo, la sigla dell'inizio dei programmi, il finale del *Guglielmo Tell*.

Finché una sera Trincone Carogna, la pecora nera dei fratelli Trincone, entrò e chiese: – Posso accendere la televisione?

– Prego – disse Gaudenzio piacevolmente sorpreso.

Un minuto dopo, la televisione bruciava. Trincone Carogna l'aveva effettivamente accesa con cerini e gasolio.

Nello stesso istante Zeppa il muratore usciva dalla toilette tenendo il cesso sotto braccio, dopo averlo divelto a forza.

– C'è scritto di lasciare il bagno come se fosse quello di casa nostra. Beh, io a casa mia ho la turca.

Fu una brutta settimana. Trincone Carogna venne denunciato per danneggiamento di elettrodomestici e Zeppa per sabotaggio di sanitari, motivo per cui fu loro interdetto l'ingresso al bar.

Inoltre il cane di Raffica, il leggendario Tom, che era entrato scodinzolante nel bar, fu aggredito a colpi di scopa in testa e ne riportò uno choc per cui camminò all'indietro per un anno.

Tutto questo avvelenò il clima. Ma il Bar Sport era il miglior bar del paese e noi i migliori clienti. Quindi continuavamo ad andarci, tra provocazioni e ripicche.

Dopo il posizionamento del cartello segnaletico, qualcuno dalla strada provinciale cominciò ad avventurarsi fino al bar. Gli automobilisti in transito iniziarono a disturbare la nostra quiete. Un rappresentante di Milano si rese complice di un delitto dolciario che forse qualcuno di voi ricorda.

Altri vennero, alcuni simpatici, altri altezzosi, altri ancora sospettosi, perché a quei tempi entrare al Bar Sport era un po' come entrare nel bar di *Guerre stellari*, noi eravamo onesti ma le nostre facce no.

E così, per rassicurare i cittadini, Gaudenzio inventò l'happy hour. Allora non si chiamava così, ma il concetto era quello. A una certa ora della sera apparivano sul bancone olive, dadini di mortadella, grissini, pomodori secchi, noccioline, vecchie brioche riciclate a fettine e altre delizie. Pagando un aperitivo tre volte più del solito, potevi usufruirne.

Non durò molto.

Scatenammo contro questa operazione il geometra Saverio Scrocco, il mangiatore a ufo più pericoloso della valle.

Scrocco era un mistero dell'anatomia. Le parole "gratis" e "non si paga" aizzavano i suoi enzimi, dilatavano tre volte il suo stomaco, e pare che gli spuntassero anche quattro molari supplementari. Facemmo una colletta per il suo Campari e, prima che Gaudenzio si rendesse conto del rischio, Scrocco in tre minuti divorò tutto quello che c'era sul bancone, ingoiando le olive col nocciolo, i dadi di mortadella con lo stecchino incorporato e circa un chilo di noccioline americane col guscio.

Riferiscono le cronache che il giorno dopo depositò su un prato uno stronzo bitorzoluto, simile alla coda di uno stegosauro, o altro animale preistorico, lungo trentotto centimetri e più micidiale di una mazza chiodata.

– Tanto non mollo, – disse Gaudenzio iroso – vi arrenderete voi. Cambierò questo bar, a costo di farvi fuori tutti!

E cominciò a servire i vini in calicini così sottili che i nostri nasi plebei non ci entravano. Sterminò le mosche, che erano i nostri violini. Lavava i pavimenti con un nauseabondo detersivo alla mimosa. Mise il contaminuti al biliardo.

Eravamo stanchi di quelle provocazioni. Qualcuno già parlava di spostarsi in un bar a valle.

Ma poi Gaudenzio osò sfidare la Mannara.

Le femmine del bar erano allora un manipolo di donne durissime: Simona Bellosguardo, filosofa e sarta. Culobia, regina del gioco d'azzardo e del lotto. Maria Sandokan, che batteva a braccio di ferro tre quarti degli uomini. Marcella la cartolaia esperta di pettegolezzi, Sofronia la grande cuoca, Frida Fon, Tegamina la Sfoglina, Gina Saltasù, la Jole e altre che non ci sono più, meravigliose creature che rimpiango.

Tutte avevano un sacro rispetto e perfino paura per la Mannara, la strega dei cani.

La Mannara viveva in una baracca di legno alla periferia del paese, tra sacchi di sementi e un manifesto di Gregory Peck, ed era considerata fattucchiera emerita. In un orto coltivava erbe magiche per le sue pozioni, ma anche bellissimi pomodori e patate e ciclopiche zucche che veniva a vendere in paese, con la sua carriola.

Era una vecchiaccia gobba e claudicante, con uno scialle nero in testa, occhi e baffi da faina. Al suo passare, annunciato dal cigolio della carriola, tutti distoglievano lo sguardo.

Camminava sempre seguita da una frotta di cani. Erano una dozzina, e trottavano in perfetta fila indiana. Li aveva addestrati così per evitare che andassero sotto le macchine.

Erano di tutte le taglie e di tutti i colori e avevano una particolarità: erano i cani più brutti, rattoppati e malfatti della zona. La Mannara aveva una speciale abilità nel trovarli e curarli. Non aveva mai rottamato un quadrupede. Il suo preferito si chiamava Mottarello, ed era perfettamente diviso a metà, la metà dietro era nero e pelato con le zampe storte, la metà davanti bianco e irsuto con le zampe dritte. La leggenda diceva che la Mannara lo avesse creato cucendo insieme le parti sane di due cani straziati da un camion.

Seguivano poi cani zoppi, rognosi, mutilati, con le orecchie smangiucchiate, mezzi ciechi e sordi.

Alcuni di essi avevano protesi, quali zampe di legno e code di corda. Il più celebre era Billy il Maniaco. Era un bastardo nero che colpiva alle spalle in ogni occasione, senza distinzioni di sesso.

Dopo ogni amplesso rimaneva incastrato, attaccato al partner, almeno ventiquattr'ore. Perciò la Mannara lo aveva dotato di rotelline nelle zampe posteriori: di modo che potesse essere trainato ancora ben aderente alla sua, diciamo così, locomotiva. A volte la coda della fila era formata da tre, quattro cani uno infilato dentro l'altro, in erotica successione. Si narra addirittura, una volta, di cinque cani in trenino e in mezzo un cinghiale dall'aria rassegnata.

Malgrado le ire del parroco e di qualche benpensante, non c'era verso di convincere la strega a lasciare i suoi protetti a casa. Perciò la Mannara ogni settimana si presentava al bar con la sua canea e le mercanzie. Vendeva zucche e zucchine, ravanelli acri e beverecci, e un amaro da lei distillato, un cui sorso equivaleva a un mese di bombardamenti americani al napalm.

Giunse quindi la Mannara, entrò nel bar e Gaudenzio lanciò un grido.

– Via di qua, lei e i suoi maledetti cani!

– Come ha detto? – ringhiò la Mannara.

– Via di qua, sporcacciona, o chiamo i carabinieri. – E il malvagio osò persino cospargere di spray antipulci Mottarello, che non fece una piega.

La Mannara allora si mise a borbottare qualcosa che sembrava una preghiera o una maledizione. Tutti i cani uggiolavano e ringhiavano con lei. Era un coro spaventoso, e a qualcuno di noi si accapponò la pelle.

Poi la Mannara rise e disse:

– Adesso sono cazzi tuoi, caro il mio barista.

La maledizione della Mannara fece subito effetto, cento volte più spaventosa di ogni nostro sabotaggio.

La sera stessa la macchina del caffè gettò un grande sbuffo di vapore che fluttuò nell'aria come un fantasma, e dai beccucci iniziò a uscire un liquido fetido e brodoso.

Gaudenzio la lavò con acqua e sale, ma niente da fare. Il caffè faceva sempre più schifo: sapeva di piscio, acetone, varechina, ed era imbevibile.

Ogni ora la macchina impazziva in modo diverso. Emetteva rantoli di agonia. Si arroventava e spargeva getti di acqua bollente. Ballava il mambo sul bancone, facendo tremare bottiglie e bicchieri. Oppure lanciava un fischio così acuto da mettere tutti in fuga.

Ispido Manidoro, artista operaio, venne per ripararla, ma dopo aver brevemente pistolato dichiarò:

– Non c'è niente da fare. Non è rotta, è indemoniata.

Fu chiamato il prete.

Disse che aveva esorcizzato di tutto, da vecchie che bestemmiavano in russo a mucche che ballavano il tip tap. Ma non aveva mai visto niente di simile.

Così Gaudenzio capì che era stato un grave errore mettersi contro la Mannara. Divenne nervoso e maldestro. Iniziò a rompere bicchieri. Ogni bicchiere che cercava di asciugare schizzava via come una saponetta e si schiantava a terra.

Si mise a bere. Beveva litri di cedrata. Da verde diventò giallo, e quasi non si reggeva in piedi.

Poi un giorno giocò al Totocalcio, fece dodici e quando mostrò trionfante la schedina, quella volò via come un uccellino fuori dal bar, e nessuno la trovò mai più.

La sera stessa vide arrivare una corriera, si preparò a fare grandi affari e invece scesero cento giapponesi che si misero in fila per la toilette e lasciarono circa trecento litri di piscia nipponica consumando una sola camomilla.

Il colpo finale, però, fu il fantasma dalla voce misteriosa.

Arrivò una sera di pioggia, tutto nero, con un cappellaccio da brigante. Attraversò la porta a vetri senza far rumore. Poi si diresse quasi volando verso il bancone e disse in una lingua gutturale e incomprensibile:

– *Memanna mannà nukaffè feffè currè kognak e curassò.*

Di fronte a quella formula oscura, Gaudenzio gridò e cercò di colpirlo con una padella, ma non ci riuscì, era fatto d'aria e le tegamate lo attraversavano.

Lo spettro lo irrise con una risata diabolica e sparì, rubandosi anche un bignè.

Così sera dopo sera, per un mese.

Finché Gaudenzio decise di andare in città, da una fattucchiera concorrente della Mannara, per togliersi il malocchio. Quella gli tolse ventimila lire. Ma forse funzionò. Per tre sere niente di strano accadde nel bar, se non che Trincone il Nero e Basettina iniziarono a dialogare in latino sull'esistenza dell'anima.

La quarta sera il fantasma nero si ripresentò.

Non aveva più il cappello, ma uno strano vestito con bottoni dorati e disse:

– Sobrigà karamba dezzezè paskà inkarikà dafinà mesibìsk lidokù dekassà.

Gaudenzio, credendosi libero dal maleficio, prese la padella, la roteò e con nostra sorpresa questa volta centrò in testa il fantasma, che emise il clangore di una campana e cadde al suolo.

– Ti ho beccato, maledetto fantasma nero! – gridò Gaudenzio, prendendolo a calci.

Ma stavolta non era un fantasma.

Era il brigadiere carabiniere Di Zezo Pasquale, incaricato dalla finanza di controllare la documentazione del registratore di cassa, e relative ricevute.

Gaudenzio non era solo malvagio e verdastro ma anche evasore fiscale, e non ci aveva mai fatto scontrini.

– Io – balbettò Gaudenzio – ho pochissimi clienti e non consumano quasi mai...

– Cinquanta birre come ieri sera – disse subito Archivio.

– E a me quaranta panini – disse il Nonno Stregone.

– Io il solito chilo di caviale – disse Ottavio Talpa.

– Bastardi! – disse Gaudenzio. – Glielo giuro, brigadiere, mi sarò dimenticato al massimo venti o trenta scontrini.

In quel momento si udì risuonare lontano la risata della Mannara e nel bar iniziò a nevicare. Nevicavano scontrini, a larghe falde, migliaia di scontrini, sciami di scontrini, tutti quelli che Gaudenzio non aveva mai fatto. In un istante fummo coperti di candidi coriandoli.

Fatto un primo accertamento, il brigadiere disse che Gaudenzio doveva pagare circa tre milioni di incassi non dichiarati, più la multa, più una denuncia per aggressione mediante utensile da cucina contundente.

Due giorni dopo, Gaudenzio vendette il bar e tornò in città.

Trincone il Nero senior gli succedette, con una leggendaria cerimonia di sbottigliamento.

La battaglia per il Bar Sport era vinta.

– Erano altri tempi, – disse l'oste Trincone – stavolta la battaglia sarà molto più dura. Guardate laggiù.

Volsero gli occhi verso il bosco, dove due spaventevoli creature mostravano le fauci tra le cime degli alberi.

Erano un Rex e un Trip. Un meccanosauro Rex taglia-sega-stronca e una ruspa Triceratops, che procedevano insieme facendo scempio di castagni e faggi.

Il Rex, con le zanne metalliche, tagliava e sfrondava. La ruspa Trip caricava i tronchi e li spostava di lato. Li sentivamo ruggire a un chilometro di distanza. Stormi di uccelli terrorizzati si levavano in volo, e una polvere densa e rossastra di legno rannuvolava l'aria.

Un gemito più alto si levò e la chioma di una quercia scomparve, mentre il tronco sbranato precipitava in un gran fragore di fogliame.

– Maledetti, basta! – urlò Alice.

Il rumore cessò all'istante.

– Li hai fermati, – disse Giango – ma tu sei magica!

– No, – disse il nonno – essa non possiede il potere malefico della Mannara, né il dono della buona sorte di Culobia, né la saggezza di Simona Bellosguardo. Semplicemente è mezzogiorno, ora dell'intervallo lavorativo, e i due conduttori dei mostri si sono fermati per far colazione.

– È il momento di attaccarli – disse Piombino dall'alto del noce.

– Meglio spiarli e preparare un piano – disse prudente Alice.

– Giusto, o miei giovani eroi – disse il nonno. – Voi che non temete i terreni impervi e silvani, andate e riferite a noi della situazione.

– E se i conduttori ci beccano?

Il Nonno Stregone mise le orecchie al suolo, come fanno i pellerossa Comanches. Restò così un intero minuto, nello stupore generale. Poi disse:

– Andate. Li ho sentiti mangiare, ruttare e adesso stanno dormendo. Anzi, russano come mantici.

Piombino precipitò dall'albero e a grandi balzi scarpagnò giù in mezzo all'erba alta, verso il bosco. Dietro a lui, Alice saltellava agile come una lepre. Un po' impacciato dai jeans stretti, li seguiva Giango.

Scesero scavalcando rovi e cespugli, e a tutti batteva forte il cuore. A Piombino più di tutti, perché vedeva vicino a sé la chioma bionda di Alice che si scompigliava a ogni salto. Quaglie e fagiani frullavano via, spaventati dalla loro incursione.

Cauti e circospetti, i ragazzi raggiunsero il limitare del bosco. Entrarono nella muschiata solitudine e dopo pochi passi videro il nemico.

Il Rex e il Trip si stagliavano immobili in mezzo ai resti del loro pasto: schegge di tronchi, ossa di rami, sangue di resina e segatura.

All'ombra di un castagno ancora vivo erano sdraiati i piloti. Un biondo dal mento aguzzo e un rotondo omone in tuta arancione. Erano addormentati e sazi, come denunciavano i resti di panino e le numerose bottiglie di birra sparse nell'erba.

– Bisogna fermarli – disse una voce roca da qualche parte, nel buio del fogliame.

– Chi ha parlato? – chiese Alice.

– Forse è stato lo gnomo Kinotto – sussurrò Piombino.

– Ma quale gnomo, dai! – rise Giango.

– Chiunque abbia parlato, ci ha dato un buon consiglio – disse serio Piombino. – Bisogna fermarli, prima che facciano troppi danni al bosco. E solo un uomo può farlo...

– Keith Drakulka? – chiese Giango.

– Chi?

– Il chitarrista dei Jesus Christ Vampires' Hunters. Una volta con una nota acuta fece saltare in aria un intero teatro. I suoi accordi spaccano l'acciaio.

– No, parlo di Ispido Manidoro. Lui sa riparare ogni cosa, quindi sa anche romperla. Dobbiamo avvisarlo, subito.

– Buona idea, – disse Alice – fuori i cellulari.

– Il mio è rotto – disse Piombino.

Non osava dire che ce l'aveva di legno, dipinto a mano, per nascondere la vergogna di non possederlo.

– Anche il mio è rotto – disse Giango.

In realtà lo aveva venduto per comprarsi la dotazione di gel per un anno.

Restava il bel cellularino rosa con stelline fluorescenti di Alice.

La giovanetta fece correre le dita rosate sui tasti. Ma subito impallidì e gridò:

– Non c'è campo! Il telefonino non prende.

Di colpo, fu come se la civiltà si fosse allontanata da loro migliaia di chilometri. Il bosco di Montelfo si riempì di gorilla, serpenti e indios feroci. Mai, da Pollicino in poi, tre giovani avevano provato una simile solitudine forestale. Erano soli e disconnessi!

– Dobbiamo tornare su al bar. Ma perderemo molto tempo, e Ispido è contattabile solo la mattina – disse Giango.

– Qualcuno ci aiuti – sospirò Alice.

– Assaggiate un po' questa bacca, – disse Piombino – ci farà pensare meglio.

Così fecero. Il bosco sembrò diventare più verde, grande e misterioso.

All'improvviso la terra vibrò e si udì un passo pesante: qualcosa di gigantesco si stava avvicinando. I rami degli alberi tremarono e le castagne iniziarono a grandinare dai rami, il rimbombo dei passi si avvicinò e...

...tra le felci spuntò un vecchiuzzo alto poco più di un metro, con una gabbana rossa e una barba bianca lunga fino ai piedi, farcita di pigne e ghiande.

– Chi è lei, signore? – chiesero i tre confusi e stupiti.

– A voi ragazzi non dovrebbe mancare l'immaginazione – sospirò l'ometto. – Vediamo... sono un boscaiolo albanese, e non avendo permesso di soggiorno vivo in un tronco con sedici conterranei.

– Non ci racconti balle – dissero i tre.

– Va bene. Vi dirò la verità. Sono il professor Aloisius Potiron Pignon della facoltà di Botanica della Sorbona e sono qui per studiare le abitudini sessuali del boleto maniaco, fungo assai particolare che in questa stagione...

– Non è vero.

– Infatti sono Mort Bill, un serial killer di bambini: li uccido, li faccio a pezzi con l'ascia e li cucino in salmì, poi col loro sughetto scrivo messaggi enigmatici che mando a un detective, che a sua volta li passa a uno sceneggiatore per farci un film.

– Balle.

– Sono l'etnomusicologo Dario Dellasoglia e sono qui per studiare il canto polifonico e contrappuntistico del picchio marronaio, il quale...

– Balle.

– Sono il poeta beatnik John Lawrence Holmes, e dopo aver viaggiato in tutto il mondo insieme a Kerouac e Rimbaud ho trovato finalmente la pace in questo bosco pieno di erbe e funghi allucinogeni e sto scrivendo un poema su...

– Non è vero.

– Va bene, mi avete scoperto. Sono lo gnomo Kinotto della tribù dei Nasi-a-mela e sono qui per aiutarvi.

– Così andiamo bene. Allora, cosa dobbiamo fare?

L'uomo si tirò su la palandrana, mostrando delle gambette nodose e irsute, poi ballò e cantò con voce rauca:

C'era una volta in mezzo al bosco
Una casetta rossa piena di parole
C'è ancora o non c'è più?
Puoi dirmelo tu-tu-tu-tu?

– Non è un grande aiuto, signor gnomo – disse Alice.
– Cosa intende dire?

Ma la strana creatura era scomparsa come per incanto.

– Per me era un fottuto albanese – disse Giango.

– Aspettate un momento, – disse Piombino – ha detto casetta rossa?

– Sì, – disse Alice – "casetta rossa piena di parole".

– Adesso che mi ci fate pensare, qua nel bosco passava una vecchia strada che portava in paese, vero?

– Proprio così – disse Giango. – Più o meno lì dietro.

– Allora dovrebbe esserci ancora la vecchia cabina telefonica! Ero piccolo ma la ricordo bene. Non avevamo telefono in casa, e papà mi portava con sé. Telefonava alla mamma in ospedale.

– Ma dai. Quella cabina sarà stata abbattuta, o ingoiata dalle piante. E comunque non funziona da anni – disse Giango.

– Cercatela – disse la voce roca dal fondo del bosco.

Camminarono sotto querce e castagni, tra grandi felci e minacciosi funghi bitorzoluti, finché si accorsero che sotto i loro piedi il terreno stava cambiando. Ora era più duro, e si intravedevano chiazze del vecchio asfalto stradale squarciato dalle radici. Il bosco si stava riprendendo lo spazio che gli uomini gli avevano rubato. Una fitta vegetazione aveva ricominciato a proliferare. Le edere avevano impellicciato i paracarri, i rovi avevano sommerso i muretti. E videro, strangolato dall'ortica, un cartello rugginoso: *Montelfo chilometri due.*

All'improvviso, al centro di una radura, lucente di rugiada e illuminata da un raggio di sole, ecco la magica cabina.

Le erbacce la avevano avvolta e invasa, ma il colore rosso era ancora ben visibile.

– Ancor prima che voi nasceste, – disse la voce misteriosa tra gli alberi – da qui ci si collegava col mondo. Qui nascevano affari, appuntamenti, amori. Ogni sera si faceva la fila per parlare con valli e paesi lontani. Qua nacquero scherzi, minacce, adulteri.

Ogni giorno e notte risuonavano parole. Ora il silenzio del bosco la circonda. Ma la vecchia cabina non dimentica quei tempi. E segretamente spera che qualcuno si ricordi ancora di lei.

Piombino fece strada tra i rovi, che come sempre lo massacrarono, e guidò gli altri fino alla cabina. I vetri erano rotti, ma il telefono c'era ancora, arrugginito e incrostato di lumache. E quando Alice sollevò il microfono, incredibilmente sentì battere un cuore. Un segnale flebile ma chiaro. La cabina era ancora viva.

– Io ho il numero di Ispido, – disse Giango – lo chiamo sempre per le riparazioni del bar. Dai, telefoniamo.

– E come? – disse Alice. – Non vedo tasti qua. E neanche fessure per schede. Come si usa questo antichissimo tipo di telefono?

– Io lo so, – disse Piombino – mi hanno raccontato che esisteva una cosa chiamata "gettone". Si dava da mangiare al telefono per poterlo usare. Più parlavi, più lui ne divorava.

Quando mio padre doveva conversare a lungo usava una cartucciera piena di gettoni, il telefono li ingoiava a quattro palmenti e qualcuno lo sputava indietro.

– Io lo so cos'è un gettonè – disse Giango. – È un soldino di rame, come quelli che vanno nelle slot machine.

– Ahimè, – disse Alice – nessuno di noi possiede questa antica preziosa moneta.

– Purtroppo no – le fece eco Piombino.

– Cercate – disse la voce roca.

Si guardarono intorno e sopra e sotto. E sul fondo della cabina un raggio di sole fece brillare qualcosa.

Era un vecchio ossidato gettone, sopravvissuto ad anni di intemperie.

– Proviamo – disse Alice. Lo raccolse da terra e lo pulì accuratamente con una foglia. I due ragazzi la guardavano emozionati.

La giovanetta emise un profondo sospiro e inserì il gettone nell'apposita fessura.

Nulla accadde, all'inizio. Poi si sentì un rumore sofferto e stridente, una colica di ingranaggi, un torpido stiracchiamento di ferraglie, come se un'orchestra di zombie stesse accordando gli strumenti sotto terra. La cabina si destava dal letargo.

Il telefono cominciò a vibrare e a scuotersi, sembrava che stesse per esplodere, ma alla fine ingoiò il gettone con un rutto soddisfatto.

Forse il miracolo era possibile.

Non fu facile girare la rotella dei numeri. Il dito vigoroso di Piombino si sostituì a quello delicato di Alice e lottò contro anni di ruggine. I numeri scarrucolavano gemendo uno dopo l'altro. Finalmente, anche l'ultimo fu composto.

Passarono secoli. All'orecchio di Alice il cuore della cabina pulsava bradicardico, fioco, sembrava potesse svanire da un momento all'altro. Poi una voce femminile rispose:

– Pronto?

– C'è Ispido? – disse Alice.

– E lei chi è? – disse una voce sospettosa e gelosa.

– Sono Alice, la figlia del veterinario Salvaloca. Me lo passi subito, abbiamo solo un gettone.

– Avete cosa?

– Abbiamo il telefonino quasi scarico – disse Alice.

Dopo un breve silenzio, un vocione maschile disse:

– Sono io, chi mi vuole?

– Corra subito al Bar Sport, signor Ispido, c'è bisogno di lei. La vuole il Nonno Stregone – disse Alice.

– Vengo subi... – rispose Ispido, e di colpo la conversazione si interruppe.

La cabina iniziò a tremare. Quello sforzo aveva messo a dura prova la sua vecchia fibra. Un vetro andò in frantumi, il telefono si staccò dalla parete, il microfono sibilò nell'aria come un serpente. Un ultimo lancinante tuut salì al cielo.

Poi la cabina crollò con fragore e si inabissò nel suo sepolcro di foglie e muschio. Ma l'ultima telefonata era stata fatta.

– Bella morte – commentò il Nonno Stregone, quando gli furono riferiti gli eventi.

Ispido Manidoro

Ora vi racconteremo chi era il leggendario Ispido Manidoro.

In primo luogo, il nome. Si chiamava Isidoro, ma era detto Ispido perché i suoi capelli erano sempre pieni di polvere di cemento e limatura di ferro, quindi stavano dritti sulla testa come spighe, o come una cresta punk prima che nascesse il punk.

Inoltre, si chiamava Manidoro perché sapeva riparare tutto meno la malvagità degli uomini.

In realtà il numero a cui lo aveva chiamato Alice non era il suo, ma quello del monolocale dove viveva la sua amante, la cuoca Nunzia. Detto monolocale si trovava proprio sopra il bar-ristorante Belvedere, luogo di lavoro della donna. Il fritto saliva dalle cucine e attraverso il pavimento formava uno strato di nebbiolina, una specie di moquette odorosa in cui Nunzia viveva.

Sul divano letto, Ispido si era appena svegliato. La sua amante, in tanga e scarpe coi tacchi, gli stava preparando caffè e frittata, e cantava a bassa voce *Vamos a la playa*. Era stata una notte agitata, per via del complesso di Vaillant che affliggeva Ispido. Egli aveva infatti iniziato la sua carriera erotica contemporaneamente a quella idraulica. Una signora del paese, dopo che l'allora giovane Ispido le aveva riparato la caldaia (per l'appunto marca Vaillant) aveva abbrancato il ragazzo e lo aveva dolcemente convinto a occuparsi di altri calori. Da allora, Ispido aveva sempre unito Eros e Labor. Entrava in una casa, riparava e amava. Mai mescolando del tutto le due cose, mantenendo insomma duplice rubinetteria. Non faceva sconti sulle riparazioni eseguite. Ma il complesso di Vaillant gli era rimasto, e Ispido non riusciva a fare sesso se prima non si era reso utile riparando qualcosa. Con la cuoca il primo incontro era avvenuto davanti a una gigantesca lavastoviglie rotta, figuriamoci il resto. Ma poi nel ristorante e nella casa di Nunzia tutto era stato messo a posto. Non c'era più neanche una vite spanata, un chiodino ballerino o un ganghero cigolante. Perciò la passione di Ispido era affievolita. La sera prima lui era arrivato. Lei si era presentata in giarrettiere e ascelle rasate, ma neanche una lampadina da avvitare. Ispido aveva fatto cilecca.

Quella notte gli amanti dormivano malinconicamente distanti, quando Eros ne aveva avuto compassione e li aveva divinamente spronati: alle due e un quarto una mensola si era staccata dal muro come per magia, trascinando nel crollo sei cigni di vetro di varie misure e una foto di Nunzia entro cornice marmorizzata. Ispido era balzato alla borsa degli attrezzi, aveva afferrato il Black&Decker e si era messo a trapanare il muro tra le urla di protesta di tutto il quartiere. Nunzia eccitatissima gli saltellava intorno. Dopo aver inserito le viti e riappeso la mensola, Ispido aveva addirittura riparato la cornice col Vinavil. La tensione erotica così accumulata era esplosa in un lungo amplesso sul pavimento, e aveva visto Nunzia gemere con particolare trasporto, in parte perché soddisfatta, in parte perché le schegge di vetro dei cigni le si erano conficcate nella schiena.

Ora l'amante lo guardava amorosa e assonnata. Ispido mangiò la frittata, sorbì il caffè e si congedò con un affettuoso:

– Cazzo, mi hai fatto fare tardi.

Uscì con l'Apecar e si diresse verso il Bar Sport.

Venne edotto sul problema.

– Colpirò di notte – disse.

Verso le ore ventiquattro, Ispido si recò nel bosco. Vide la baracca dove i due piloti russavano sonoramente. Controllò i grandi mostri dormienti. Apprezzò la potenza e la precisione dei meccanismi. Un po' gli dispiaceva intervenire. Lui era operaio polivalente e grande riparatore, ma in quel caso doveva sabotare.

Studiò i congegni con attenzione.

Poi, silenzioso e rapido, tolse due pezzetti, uno dal cervello di Rex e l'altro dalla zampa sinistra di Trip. Due rumori non più forti di un cucchiaino da tè sul piattino.

Si allontanò sotto la complice luna.

La mattina, i due automedonti risalirono sui loro mezzi e misero in moto.

– Cazzo, la mia ruspa non va – disse il biondo.

– Neanche la mia – disse l'omone.

– Proviamo a ripararla?

– No, – disse l'omone, osservando il macchinario con attenzione – Rex è morto. Conosco un solo diabolico uomo che poteva fare questo sabotaggio in pochissimo tempo e senza fare rumore: Ispido Manidoro.

– Beh, se lo trovo gli spacco la faccia – disse il biondo.

– No, – disse l'omone – lascialo a me. Ho un conto in sospeso con lui.

Che fare? Il raduno dei cervelli

Al Bar Sport era una mattina di vaporosa nebbia. Ma il sole arrivò, svelando come un'abile guida turistica le meraviglie della piazzetta. Il monumento al beato Inclinato, con fontana annessa, che dal belvedere dominava la valle. L'edicola di Fefè junior, colorata di multiformi riviste e policromi periodici. Il negozio di frutta e verdura dove splendevano banane esotiche e castagne nostrane lustre come perle. A est si stagliava un insigne esempio di architettura schifodelica, la moderna filiale della Banca delle Valli. Davanti alla porta la guardia giurata Ottorino lo Strabico controllava la situazione con obliqua attenzione. In alto, il castello abbandonato dei Settecanal, nero, torvo e popolato di fantasmi. E lontano le cime impervie e dentellate, Cima Artiglio, il Passo dell'Orso, il Dente della Strega e Monte Infausto. E poi il bar con i tavolini all'aperto e i vasi di oleandro e mortella. Sei motorini elegantemente parcheggiati negli appositi spazi, più l'Ape di Trincone. I cani sdraiati sul selciato e le gramigne che decorando i sampietrini davano alla pavimentazione una gradevole sfumatura ecologica.

Disposti a semicerchio, quel mattino, c'erano i migliori cervelli del posto e anche qualcuno dei peggiori. Tutti insieme avrebbero cercato una soluzione per salvare il bar.

C'era il Nonno Stregone, naturalmente, con due dita di toscano che gli sporgevano dalla bocca, e la vecchia giacca color ex beige, pantaloni a saltafosso, calzini corti spaiati e sandali da legionario. Era stato grande stampatore, tipografo, zincografo e linotipista. Aveva visto il piombo mordere la carta per trasformarsi in sublime poesia e bieca propaganda. Ai suoi piedi il cane Merlot, grande dissotterratore di ossa antiche, rosicchiava un osso di lanzichenecco.

C'era il professor Micillo, preside della scuola locale e autore del *Manuale di conversazione per argomenti che non si conoscono*, nonché studioso e teoretico di cuccoxologia, ovvero "fisica ondulatoria degli snodi sacro-coccigei". Insomma, guardatore di culi.

Sul suo trono rotellato, ecco il decano Archimede detto Archivio, coscienza storica e filosofica del paese. Partigiano e poi sindacalista, quindi lungamente titolare di una bancarella ambulante di libri finché i chilometri e la fatica gli avevano piegato la spina dorsale. Pur malato, storpio e mezzo cieco, era vispissimo. La sedia a rotelle, da lui dotata di motore 48 Ducati, raggiungeva i trentasei chilometri all'ora ed era provvista di trombe Madcow da autocorriera. Guai a tagliargli la strada.

Al suo fianco Ispido Manidoro, operaio riparatutto, genio della manualità. Con lui il suo aiutante, Terenzio Treottanta. Anni prima aveva preso una scossa a trecentottanta volt e possedeva un solo capello, un crine lungo un metro, dondolante come l'antenna di una rana pescatrice. Durante i temporali veniva usato come parafulmine.

Grandi bicipiti e naso a tortellone, ecco Zeppa, muratore ed ex pugile, sette incontri vinti, uno pareggiato e uno perso ma arbitro all'ospedale un mese.

Poi il vigile Timoteo, detto Cardellino da quando aveva ingoiato un fischietto.

Con gli occhi chiusi ma attentissimo stava Melone, scemo del paese, che aveva una capoccia grande come una cucurbitacea ed era assai stimato come profeta. Scriveva poesie e riflessioni sui muri, sui tavoli e su ogni superficie bianca, comprese le nostre camicie. Sua era la consuetudine che da anni faceva litigare atei e credenti del paese. Andava ogni notte davanti alle stelle e guardava torvo il cielo. Interrogato sul perché, scrisse sul muro del bar:

Tutti pregano e adorano Dio, ma le cose vanno male.
Se invece tutti insieme
facciamo capire a Dio che non siamo contenti,
o se ne va, o ne viene uno migliore.
Tutti meritiamo di più.

Ed ecco le leggendarie donne di Montelfo.

Simona Bellini detta Bellosguardo, sarta dotata di vista acutissima. Era capace di infilare un ago anche durante una cavalcata amorosa, come raccontava il marito, il compianto Baruch. Ma era anche donna con sguardo saggio sul mondo e nostra maîtresse à penser.

Accanto a lei Carmela Culobia, esperta e fortunatissima giocatrice: aveva cominciato ad azzeccare ambi al lotto negli anni cinquanta. Aveva vinto il prosciutto, primo premio alla lotteria del festival dell'Unità, per sette anni consecutivi, tanto da essere accusata di appartenere al Kgb. Ora era passata al gratta-e-vinci, vincendo una volta su due. Chi la diceva dotata di vista a raggi X, in grado di vedere oltre la vernice da grattare. Chi la riteneva una strega, chi diceva che era nata tutta culo, da madre lavandaia e padre pantalonaio.

La sorella di Carmela, Marcella la cartolaia, sexy e odorosa di quaderni freschi e collamidina.

Maria Sandokan, moglie di Trincone Toro, donna di leggendario vigore fisico, che quando il bue si ammalò arò un campo da sola.

Gina Saltasù, vivacissima fin da piccola e poi abilissima nel saltare dentro le macchine al volo, il resto è alla vostra fantasia.

Frida Fon, la parrucchiera, inventrice del capello supercotonato, che non si sgonfia ma anzi si gonfia per una settimana, fino a triplicare di volume.

Sofronia, la grande cuoca, che riconosceva l'uovo migliore guardando negli occhi la gallina.

La sua vice Tegamina la Sfoglina, che aveva tirato a mattarello sei volte la superficie del mondo.

Didone la farmacista, che si diceva avesse ucciso due mariti col Rim.

Le sue due figlie Suzy e Kathy dette le Aspirine, perché aspiravano a entrare nel mondo televisivo come veline, bombardine, ballerine o porcelline.

La maestra Tiribocchi, detta la iena.

Giorgia la Bomba, fruttivendola, grande culo e picciol capo, la pera più grande del mondo. Donna avida e affarista, moglie tiranna dell'edicolante Fefè.

Tornando agli uomini, ecco il suddetto edicolante Fefè, esperto di cassette porno anche di paesi insospettabili come il Tibet.

Il suo amico Vitale il becchino, pallido e smorto. Aveva iniziato a fare questo mestiere a sei anni e quando la mamma gli diceva: – Vitale, non mettere le mani nel naso – si riferiva al naso delle salme.

Curnacia, gommista e menagramo, che sgonfiava i copertoni con lo sguardo. Per contrappasso, marito di Culobia.

Poldo Porcello, disinfestatore derattizzatore ed esperto di miasmi, specialista della scoreggia con le unghie. Un suo peto, una volta emesso, si attaccava con le unghie al soffitto e cadeva due o tre ore dopo, con effetti inattesi e devastanti sui presenti.

Il padre di Poldo, Girolamo Porcello, ricchissimo salumiere e grossista di maiali.

Seduto in fondo, Clemente il Serpente, nullafacente benestante, usuraio e pettegolo militante.

Pur appartenendo a un bar nemico, il Bar Moka filogovernativo, appariva al Bar Sport, con perfida curiosità, ogni qualvolta c'era una discussione, un litigio, una disgrazia. Si tingeva i capelli di nero catramoso ed era profumato come il cesso di un autogrill. Qualcuno aveva suggerito di non farlo entrare al bar, ma come diceva il Nonno Stregone: – Meglio averli davanti che alle spalle.

Un po' in disparte la moglie di Clemente, Paoletta Pillola, imbottita di sedativi e sigarette, che parlava una volta all'anno.

Poi Gandolino e Nestorino, falegnami, rivali e amici.

Raffaele Raffica, agricoltore e bracconiere e alcolista insigne.

Diogene, benzinaio e poeta, autore di *Il cuore fa il pieno* e *Amica pompa*, ex marito di Frida Fon.

Salvaloca il veterinario, famoso per aver salvato una mucca con la respirazione bocca a bocca e per essere stato visto più volte in macchina in luoghi appartati con la stessa mucca, tanto che la moglie aveva chiesto il divorzio.

La moglie Pina Silvia Salvaloca, cassiera della banca.

Basettina il barbiere col suo fidanzato Baffo il fabbro.

Ovviamente, non potevano mancare due dei quattro leggendari fratelli Trincone: Trincone il Nero, proprietario del bar, e Trincone Toro, insigne agricoltore. Mancavano Trincone Carogna, attualmente alla macchia per un furto di gomme, e Trincone l'Amoroso, morto per amore, la cui foto era visibile sopra la macchina del caffè.

Poi i giovani:

Alice Salvaloca, giovane sognatrice, ingenua ma non troppo.

Belinda, mini-miss del paese, quindici anni e minigonne assai sintetiche, begli occhi azzurri e già tanti brutti neri ricordi.

Piombino, giovane orfano selvatico e romantico, nonché campione regionale di fionda.

Giango dal bel ciuffo, Bum Bum Fattanza, Bubba Bonazzi e altri fan del gruppo rural-metal Kastagna.

Pierino il pizzaiolo, gran promessa del settore.

Zito Zeppa, undici anni e già esperto manovale e fumatore di Gitanes.

Bingo Caccola e Tamara Colibrì, piccolissimi e letali tiratori con la cerbottana.

I rappresentanti degli stati esteri: Selim il Faraone, fornaio egiziano inventore della pizza al kamut, del calzone piramidale e del crostino Tormiento ai dodici peperoncini.

Il dottor Fabian, medico condotto, assai amato nella valle e teorico della medicina afro-occidentale, il cui motto era: "Se l'antibiotico non cura l'infezione, prova con la danza del leone".

Roger Nerofumo, giovane bracciante, promessa del calcio e batterista.

I fratelli Sgomberati, Nicolau, John N'dele e Abdul, così denominati perché avevano occupato centinaia di posti, da case sfitte a magazzini, da garage a funivie in disuso, ma erano sempre stati sgomberati e cacciati via. Attualmente dormivano nel castello abbandonato dei Settecanal, insieme ai fantasmi.

Poi Nastassja la badante e Nicolina la stiratrice. Mancavano il camionista polacco Karol, in trasferta a Foggia, e gli operai del cantiere.

Inoltre, dodici cani guidati da Merlot discendente di Fen il Fenomeno e i dieci gatti più autorevoli del paese.

Saetta, ex grande predatore, ora obeso Buddha.

Polifemo, guerriero monocolo che vinse in battaglia una volpe.

Gargagnau, il cui miagolio amoroso era più potente di un sassofono.

Gargaraffa, mangiatore di serpenti.

Zorro, seduttore dagli occhi di smeraldo.

Fanny, più veloce di una gheparda e gran ladra di salamini.

Teseo tripode, che sfuggì alla tagliola.

Dora la placida, che dormiva ventitré ore e nell'altra ora cercava un posto dove dormire.

Zombie, scaraventato sull'asfalto e dato per morto dieci volte.

La vecchissima Nerina, che posò nuda per Manet.

In quell'assemblea erano rappresentati varie tendenze e schieramenti, ma tutti erano d'accordo che il bar andava salvato, meno due o tre che erano spie, però si sapeva.

– Amici e paesani, – disse il Nonno Stregone – sarà una dura prova. Abbiamo di fronte dei nuovi nemici. Come amo ripetere, una volta il tempo per demolire una casa era lo stesso che ci voleva per costruirla. Adesso, basta un attimo. Le case non gridano.

– Andrà tutto bene – disse Curnacia il menagramo.

Tutti si toccarono le palle, chi non le aveva quelle dei cani.

– Io tiro fuori il fucile – disse Archivio. – L'ho già fatto da giovane e lo rifarò.

– Ma se sei cieco – disse Trincone l'oste.

– La fucilata di un cieco fa male come la fucilata di quelli che ci vedono – rise Archivio.

– Tutti devono morire, anche le cose, anche i luoghi, e così le persone – disse solennemente Vitale il becchino.

– Comincia tu – disse Melone.

– Potremmo comprare noi tutti i terreni – disse Culobia, sventolando un gratta-e-vinci. – Ecco, voilà, ho vinto dieci euro, do inizio alla colletta.

– Io ci metto metà della mia paga di oggi, sei euro – disse John N'dele Sgomberati.

– Io ho sedici euro in monetine da un centesimo – disse Pierino, che la domenica faceva il chierichetto passando dalla piadina all'ostia.

– Non ci vogliono i soldi, ci vuole un'idea – disse il nonno.

– Ricordate Ulisse ed Epeo? – disse il professor Micillo.

– Quando si vuole qualcosa che si ama, bisogna battersi – disse Sofronia la cuoca. – Vi ricordate la storia di Fen il Fenomeno?

Il cane più intelligente del mondo

Sono esistiti nella storia del bar alcuni cani veramente leggendari. Grandi segugi, cercatori di tartufi, cani da guardia, cani da cieco, cani da salvataggio.

Ma nessuno fu mai come Fen il Fenomeno.

Giunse a Montelfo una notte, profugo da un paese lontano. Nessuno seppe mai come. Era stato abbandonato in mezzo alla piazza del mercato e si mise a ululare.

Ma ululare è un termine riduttivo: lui cantava, anzi ulocantava. Ululava con melodiosa tristezza.

Tutte le finestre, però, rimanevano chiuse. Finché alla sarta Simona Bellosguardo, amante della musica, sembrò di sentire un'aria del Metastasio, intonata da una voce flebile e gagnolante:

Vuoi per sempre abbandonarmi
Non ti muove il dolor mio?

Aprì la finestra e vide il cane scodinzolare. Certo non poteva essere stato lui a cantare. Comunque, mossa da pena, lo fece entrare e lo mise a dormire nel suo laboratorio.

Il giorno dopo, i migliori canologi della zona convennero per esaminarlo.

Si presentava come un animale assai strano. Grosso, pe-

57

loso e sgraziato, con zampe lunghe e storticce. Era di colore grigio lepresco picchiettato. Aveva folti baffi, nasone color nocciola e grandi orecchie penzolanti, sempre ingrommate di foglie e stecchi. La lunga coda si impigliava dappertutto. Di sicuro non era bello. Aveva solo degli splendidi occhi azzurri. Quando te li puntava addosso, diceva Simona Bellosguardo, era come essere guardati da un angelo. Ci si vergognava dei propri peccati.

– È un cagnaccio simpatico, ma buono a niente, – disse Raffica il bracconiere – troppo grosso e lento per la caccia, troppo mite per la guardia, troppo vecchio per insegnargli a cercare il tartufo. E poi ha l'aria di non essere molto sveglio.

– Simpatico, ma geneticamente misterioso e contorto – disse Salvaloca il veterinario. – Direi che è un incrocio tra un dromedario turco, un rullo lavamacchine e un kotoff, cane con cui si facevano i colbacchi della Guardia zarista. Viene certo dall'Est.

– No, – disse Gandolino, falegname e grande cacciatore – è un incrocio tra un orso grigio e un Quarquak terrier, cane da anatre del Québec. Viene dall'Ovest. Ma è troppo pesante per nuotare, quindi inutile.

– È un cane imbelle e pacifista, – disse il brigadiere Di Zezo – gli mancano l'aggressività e la virile fierezza che lo renderebbero degno di appartenere all'Arma. Inoltre, non può essere impiegato per missioni antidroga, anzi, sembra che si sia appena fatto uno spinello.

Il cane misterioso, quasi capisse quei commenti poco lusinghieri, si allontanò. Ma prima di sparire si voltò e guardò Gandolino.

I loro occhi si incontrarono e il falegname si sentì di colpo malinconico e triste. Si pentì di quanto aveva appena detto. Quell'animale gli ricordava infatti un cane da caccia della sua giovinezza, che aveva venduto per avidità e sempre rimpianto.

– Non possiamo accogliere ogni randagio che arriva qui – concluse Trincone il Nero con un sospiro.

Così il misterioso cane sembrava avviato a un canile. Ma la storia era appena cominciata.

La mattina dopo eravamo tutti al bar, quando Simona Bellosguardo piombò in mezzo a noi, e non riusciva a parlare per l'emozione. Dovemmo farle bere due grappe e mezzo prima che riuscisse a dire:

– Quel cagnone, non ci crederete... Ieri dopo cena ho lavorato con la macchina da cucire. Dovevo fare un orlo a una gonna. Ma ero stanca e verso mezzanotte sono andata a letto lasciando tutto a metà. Be', stamattina mi sveglio e cosa vedo? Il cagnone che con una zampa tiene fermo il tessuto e con l'altra fa andare la Singer. L'orlo è finito! E sembra fatto da me!

Una risata generale commentò il racconto.

– Simona, mi sa che ieri ci hai dato dentro con il vino, vero? – sogghignò il nonno.

– Ma sì. Magari, già che ci sei, chiedigli se mi fa un paio di braghe, che ne ho bisogno – disse Zeppa.

– Pensaci bene, – disse Marcella la cartolaia – lo hai trovato lì per caso, sai come sono curiosi i cani. Non ti ricordavi, ma il lavoro lo avevi finito tu.

– Forse hai ragione, – disse Simona – ma quella bestia ha qualcosa di strano. Lo hai mai guardato negli occhi?

In quel momento il cane uscì sulla piazzetta e guardò Gandolino.

Gandolino finì il bicchiere di rosso, si alzò di scatto e disse:

– Lo prendo io.

Che Fen fosse un cane speciale, Gandolino se ne accorse il primo giorno. Gli buttò un legnetto da raccogliere e lui lo riportò.

Poi un altro, e lui lo riportò. Poi gli buttò un pezzo di legno di pero e Fen riportò non il legnetto, ma un ramo con la pera attaccata.

E lo guardò come a dire "va bene, giochiamo, ma quando si mangia?".

Gandolino preparò per il cane un'abbondante e gustosa zuppa per tutta la settimana.

Dieci chili di pane secco, due litri di brodo, un residuo di Simmenthal, una cotenna di porco, due zampe di gallina, una lasagna dell'altro ieri, un osso e due bicchieri di vino rosso.

Lo portò a Fenomeno e disse: – Assaggia, vediamo se ti piace.

Si udì un rumore di mascelle strepitoso, un trangugio da mälström, e in dieci secondi Fenomeno aveva finito la zuppa della settimana.

E così Gandolino scoprì che non esisteva, nella storia del mondo, una fame atavica come quella di Fenomeno.

Ma lo stupore si moltiplicò subito dopo.

Fen prese uno stecco tra le zampe e cominciò a usarlo come stuzzicadenti, con grande eleganza.

Dopodiché ringraziò Gandolino con un inchino e andò a dormire.

Il mattino dopo, Gandolino decise di portare il cane a scuola di punta.

– Vedi, Fen, – disse – questo è un terreno da caccia. Noi siamo cacciatori. Lo siamo per vecchia tradizione, non siamo massacratori da foto ricordo, cacciamo perché la selvaggina è sempre stata il nostro cibo. Certe specie non dobbiamo ucciderle, né disturbarle. Altre, invece, dovrai imparare a fiutarle e stanarle.

Fenomeno fece sì col testone.

– Ecco, ad esempio, quelle bianche e rumorose che vedi là sono oche. Loro non vanno cacciate. Finiranno in pentola, ma per altra strada. Quella è una gallina faraona, va lasciata stare. Nei campi e dentro al bosco ci sono fagiani, lepri, pernici, cinghiali. Loro sì che devono essere stanati. Ma ci vorrà lungo tempo per insegnarti a riconoscerne l'odore e puntarli. Ad esempio, una preda assai ambita e difficile da trovare è un uccello che si chiama beccaccia e...

Non fece in tempo a finire la frase.

Fenomeno partì di corsa. Anche se aveva le zampacce storte, correva veloce. Si tuffò dentro al sottobosco sfondando frasche.

Gandolino gli gridava: – Fermati, dove vai! – Ma quello, lingua fuori e orecchie al vento, guadò un torrentello, entrò in un campo d'erba spagna circondato da un roveto e davanti agli occhi increduli di Gandolino puntò qualcosa.

E subito mostrò la sua bizzarra intelligenza.

Non puntava come un cane da caccia, elegantemente proteso in avanti e con la zampa alzata. Era troppo grosso e goffo per farlo. Quindi indicava la direzione con la coda piegata ad angolo retto.

– Cosa mi vuoi far capire? Vuoi dire che là c'è qualcosa?

Fenomeno annuì.

– Ma è impossibile, ci sono troppi rovi.

Fenomeno partì a testa bassa, si tuffò tra le spine e volarono via due beccacce. Gandolino fu così sorpreso che neanche sparò.

Era un esperto cacciatore, ma ci mise un po' a rendersi conto di avere tra le mani il più grande talento venatorio della storia. A quel punto confidò all'amico Nestorino che Fenomeno non era un cane come gli altri.

Bastava fargli vedere su un libro la foto di un uccello, o imitarne il verso, e lui partiva e lo scovava. La prima volta che gli aveva mostrato la foto di una lepre, era saltato dalla finestra e la lepre era nel cortile. E non lo ingannavi. Se gli facevi vedere ad esempio la foto di un canguro, ti guardava sogghignando come a dire "non mi freghi".

– Una volta gli ho fatto vedere la foto di un dodo – spiegava Gandolino. – Beh, è partito a tutta birra e ho pensato: questa volta si è sbagliato anche lui. Invece mi aveva portato davanti al cimitero. Sapeva benissimo che il dodo era estinto!

– Ma sei sicuro di quello che dici? – disse Nestorino. – Ti senti bene?

– Vieni con me e vedrai.

Andarono a caccia. Nestorino non credeva ai suoi occhi. Disse "quaglia" e Fenomeno puntò una siepe, ma quando Gandolino si avvicinò fece scudo col corpo alla preda stanata.

E subito si capì il perché. Dietro alla quaglia procedevano sette giovani quagliotti. Fenomeno fece loro attraversare il sentiero come un vigile.

Venne chiamato Archivio, per ulteriore testimonianza.

Archivio fece presente che una pericolosa volpe stava mangiando le galline di tutta la zona. Andò in un pollaio, e prese la penna di una vittima.

Fece annusare la penna al cane e disse:

– Non la gallina, ma quello che l'ha uccisa, capisci Fenomeno?

Fen si sdraiò per terra.

– Vedi? È in difficoltà, questo è troppo anche per lui – disse Archivio.

– Non capisci niente, – disse Gandolino – aspetta.

Fenomeno restò immobile finché non fu notte, ora in cui le volpi vanno in giro. Uscì e la trovò, ma quella si nascose svelta nella tana. Fenomeno era troppo grosso per entrarci. Allora, sotto gli occhi esterrefatti di Gandolino e Archivio, eseguì la seguente operazione. Mise il culo sull'imboccatura e tirò un peto violento e fetido, che si sparse nella catacomba volparia.

La volpe fuggì da un'uscita secondaria e la doppietta di Gandolino mise fine alla sua attività criminosa.

– D'accordo, – disse Archivio – Fen non è un cane normale. Ma forse è meglio se manteniamo il segreto.

Non fu possibile. L'eco delle imprese di Fenomeno si diffuse per valli e paesi. Non solo era in grado di cacciare ogni tipo di selvaggina, ma era una vera calamita da tartufi. Bastò fargliene annusare uno e in un giorno ne trovò mezzo chilo. Trovava anche i funghi, e riconosceva i buoni dai cattivi. Buttato in un laghetto, pescò venti chili di cavedani e un pesce gatto gigante. Se qualche bambino si perdeva nel bosco, in un'ora lo ritrovava. Dava l'allarme per gli incendi, portava la spesa a chi ne aveva bisogno. Non solo andava a prendere il giornale, ma stracciava coi denti le notizie politiche che potevano far arrabbiare Gandolino. Ed era amico di tutti.

Il suo talento, come Gandolino temeva, attirò anche individui privi di scrupoli.

La fama di Fen arrivò alle aguzze orecchie di Max "Massacro" Settecanal. Era un cacciatore smodato che sparava anche ai pulcini e ai gufi. Ed era soprattutto il più ricco possidente della zona. – Voglio quel cane – disse, e una notte mandò i suoi sgherri a rapire Fen.

Lo catturarono con un laccio e lo portarono via dentro un furgone.

Gandolino restò senza mangiare due giorni.

La mattina del terzo sentì un ululato inconfondibile.

Era Fenomeno.

Non si sa in che modo, ma si era liberato ed era tornato. Aveva in bocca una carta d'identità e il fondo di un paio di pantaloni. Appartenevano a tale Vespuccio, un tirapiedi di Settecanal. Vespuccio fu sobriamente redarguito da Trincone Toro con due sberle che lo resero onesto per un anno.

Ma il bieco Settecanal era abituato ad avere quello che desiderava, con ogni mezzo. C'era quell'anno, a Montelfo di Sotto, la Fiera del Cane. Venivano da tutti i paesi, per vedere gli esemplari più belli e abili, comprarli e venderli.

Gandolino non poteva mancare. Arrivò con Fen al guinzaglio. Dai box, i cani snob e i loro padroni guardarono con una certa sufficienza quel cagnone sgraziato. Ma presto si sparse la voce che era Fen il Fenomeno. In molti lo circondarono. La campionessa mondiale dei samoiedo, Chili, chiese anche un autografo.

E tutti domandavano: – Ma è proprio così intelligente, questo cane?

E Gandolino si schermiva: – È un buon cane, certo, ma niente di più. Vero, Fen?

E Fen modestamente annuiva.

Ed ecco che tra la folla apparve Max "Massacro" Settecanal, con i suoi sgherri che portavano al guinzaglio una muta di cani favolosi.

Max indossava un completo da caccia di pelle d'alce e un cappello bordato di tigre con piume di nandù. La cartucciera era di pitone e gli stivali di caimano. Si diceva che non ci fosse animale, in ogni parte del mondo, che egli non avesse cacciato e ucciso durante i suoi costosissimi safari.

Si piazzò a gambe larghe davanti a Gandolino e disse:

– Mi dicono che questo cane dall'aria maleodorante e plebea sarebbe un campione. Beh, forse lo sarà qui, in questo piccolo paese. Ma non può certo competere con i miei segugi. Però mi interessa, potrei darti un bel po' di soldi per lui. Diciamo che, da vero collezionista quale sono, non colleziono solo le cose pregiate ma anche le rare. E Fen è un raro esempio di bastardo.

– Caro Max, – disse Gandolino – mettiti il cuore in pace. Il mio bastardo non ha certo il pedigree. Ma è un gran cane, e non lo venderò per nessuna cifra.

– Ah sì? – disse Settecanal. – Beh, allora ti offro tre milioni. Che ne dici?

Gandolino inghiottì. Tre milioni erano quanto guadagnava in mesi di lavoro. Guardò negli occhi Fen, poi rispose:

– Neanche per tot milioni!

Un applauso generale accolse questa risposta.

Settecanal allora andò su tutte le furie:

– Sei buono solo a parlare, pezzente. Io non credo che il tuo cane sia poi così speciale. Ti sfido. Facciamo tre prove: alla caccia, al tartufo e una terza di spareggio se siamo pari. Chi vince si prende il cane dell'altro.

– Non ci penso neanche – disse Gandolino, ma sentì una zampa sul braccio. Era Fen.

Il cane lo guardò fisso e Gandolino capì che, per qualche misterioso motivo, Fen voleva battersi.

– Fen accetta il duello – disse.

La notizia si diffuse in tutta la valle, richiamando spettatori competenti e turisti curiosi. Venne designato come giudice il celebre Baumann, il più grande intenditore di cani d'Europa. Si decise che la sfida si sarebbe svolta in tre parti.

Caccia al selvatico
Cerca ai tartufi
Eventuale spareggio

Per la prima gara Settecanal presentò i suoi campioni.

La folla li accolse con un boato di ammirazione. Erano i leggendari Red Angels, una muta di setter irlandesi che splendevano al sole come statue di bronzo.

Ladies and gentlemen, ecco a voi Kenny, Karl, Kyle e Kevin Fondador Charmeleon Saint-Patrick di Bamborough Castle.

La fama diceva che erano cinque, ma nessuno si preoccupò per il fatto che ne mancava uno. Erano così belli, scattanti, e frementi che tutti pensarono: come potrà Fen battere questo poker d'assi?

Prima della gara, un'apposita assistente massaggiò le zampe dei Red Angels e diede loro un bocconcino proteinico. Fen mangiò un metro e mezzo di salsiccia. Erano pronti.

– Bene, – disse il giudice – siano portati alle Balze del Diavolo. Abbiamo scelto una caccia assai difficile, e una preda
che non hanno mai affrontato.

La prova si presentò subito ardua. Le Balze del Diavolo
erano il letto di un fiume abbandonato, pieno di rovi, sterpi,
cunicoli e caverne. Un terreno insidiosissimo. Lì, in tane inac-
cessibili, viveva il cinfalepro. Grosso e feroce come un cinghiale, di carne pregiata come un fagiano ma agile come una
lepre, velocissimo e astuto, quasi impossibile da catturare.

I cani furono portati sul ciglio del burrone. Fen fu il primo a saltare giù, coraggiosamente. I Red Angels lo seguirono, uno dopo l'altro.

Dall'alto era possibile osservare la loro tattica. I Red Angels iniziarono a fiutare, e subito individuarono una tana. Fen
invece scomparve in una pietraia.

Gli Angels si disposero in quadrato. Fu chiaro che stavano accerchiando il rifugio del cinfalepro. Piano piano iniziarono a stringere l'assedio. Tutti li ammiravano mentre, silen-
ziosi e cauti, si avvicinavano al loro obiettivo. Di Fen, nessuna traccia.

Improvvisamente, Kevin di Bamborough fiutò vicinissi-
mo l'odore del cinfalepro. I quattro cani eseguirono la famosa danza della caccia gaelica, restando in bilico su una zampa sola e ululando.

How oft in the morning with my dog and my guuun
I roamed through the glens for joy and for fuuun
Bau bau bau for erin for erin bau bauu
So farewell unto ye, bonny Sliav Gallion braes.

Poi, come un sol uomo, anche se il termine è improprio,
si lanciarono dentro la caverna del cinfalepro.

Si udirono ringhi, sbuffi, stridere di denti e graffiar di unghioni, la colonna sonora di un epico scontro, mentre la polvere, il pelo e le setole salivano al cielo.

Dopo un teso silenzio, i Red Angels riapparvero. Erano conciati da far pietà, pesti e sanguinanti.

Dentro la tana non c'era nessuno. Si erano azzannati tra di loro, e per di più la tana era piena di porcospini.

Dov'era andato il cinfalepro?

Vi svelo l'arcano.

Fen sapeva che il cinfalepro aveva la tana con doppio accesso. Appena i Red Angels erano entrati dalla parte A, l'astuto cinfalepro era fuggito dalla parte B.

Qua lo attendeva Fen.

I due animali si guardarono. Il cinfalepro era meraviglioso e bizzarro, col corpo setoloso e tozzo, le lunghe orecchie lepresche e la coda di penne variopinte. Raspò il terreno con l'unghione, pronto a combattere.

Fen non lo attaccò. Ma prese in bocca un tronco di circa mezzo metro di diametro e con un morso dimostrativo lo spezzò in due.

Poi disse:

– Caro cinfalepro, ti do due vie di uscita, proprio come la tua tana.

A. Ci mettiamo d'accordo.

B. Ti faccio un culo così.

Il cinfalepro guardò il tronco sbriciolato e rispose: – A.

Poco dopo, mentre i Red Angels venivano medicati, dal ciglio del burrone risalì una strana coppia: Fen teneva il cinfalepro sulla groppa, come i cowboy trasportano i cadaveri nei film western.

– Il cinfalepro è preso, – disse Baumann nell'euforia generale – vince la prima prova il cane Fen.

– Morte al cinfalepro! – gridò Settecanal gonfio d'ira, imbracciando la doppietta.

– No, – disse Gandolino – se tu non fossi un massacratore, sapresti che è razza protetta. Fen, lascia andare la meticcia e rara creatura!

Con una scrollata Fen si liberò del cinfalepro, che rotolò nuovamente nel burrone con strilli di protesta, incazzato ma vivo.

Al pomeriggio era prevista la seconda prova, la gara di ricerca del tartufo. Max Settecanal convocò il suo staff e disse:

– Quel bastardone è veramente speciale. E io lo voglio per me. Non possiamo perdere questa sfida. Qualche parere?

– Usiamo l'astuzia – disse il suo consigliere, un bieco cocker di nome Jago. – Fen è un fenomeno, ma ha i cromosomi e gli ormoni di un normale cane. Ci serve l'arma totale.

– Sono d'accordo – disse Max con un ghigno.

Così tutti si radunarono al parcheggio dello chalet del bosco, da dove sarebbe partita la gara di ritrovamento tartufo.

Da una parte Fen.

Dall'altra Gault e Millau, una coppia di lagotti romagnoli, due celebri gourmet dal fiuto impareggiabile.

Avevano trovato i preziosi tuberi in ogni parte del mondo. Qualcuno giurava che erano in grado di trovare una briciola di tartufo dentro un letamaio gonfio dei peggiori odori, o in un negozio di Chanel.

Mentre venivano pettinati, guardavano con malcelato sussiego quel cagnaccio ispido.

– Che vergogna, Gault, – disse Millau – competere con quella specie di orso dal nasone noisette.

– Che pettorali, però – disse Gault.

Nel suo angolo, anche Gandolino stava preparando alla gara il suo campione, gli lustrava il naso e gli dava gli ultimi consigli.

Fu allora che Lei apparve.

Vi avevamo già detto che i Red Angels erano cinque. E ora tutti potevano vedere l'ultimo, anzi l'ultima.

Kiki Karlotta Gilda Fondador Charmeleon Saint-Percy di Bamborough Castle.

Avanzò con passo elegante, facendo ondeggiare lo snello derrière. Aveva meravigliosi occhi dorati con foltissime ciglia, e il fulvo pelo morbido fluttuava come la chioma di una diva. Era veramente la Rita Hayworth del mondo canino.

Gandolino capì in quell'istante perché Fen aveva accettato la sfida. Aveva avvertito, col naso e col cuore, la presenza di quell'incantevole creatura.

Kiki avanzò verso di lui con sinuosa lentezza, e Fen rimase paralizzato, la bocca spalancata e un metro di lingua fuori, mentre un rivoletto di bava gli colava tra le zampe.

– Ciao, straniero – disse lei con voce suadente.

– Ciao, bella – disse Fen.

– Beh, facciamo conoscenza – disse lei.

E come si usa tra i cani, si annusarono con disinvoltura sotto la coda.

Poi lei gli stampò una leccata sul muso e sempre ondeggiando si allontanò.

Quando un colpo di fucile diede il via alla prova, Gandolino capì che il suo Fen era caduto in una trappola erotica. Gli afrori di Kiki e la leccata sul naso avevano completamente disorientato le sue capacità olfattive. Saltava qua e là annusando e scavando, ma il suo naso continuava a sentire quegli odori paradisiaci e nient'altro.

Dopo un'ora, il risultato fu questo.

Gault e Millau riportarono sedici tartufi per un totale di un chilo.

Fen riportò dodici ghiande, un pezzo di formaggio taleggio, e un misterioso paio di mutande femminili.

Max Settecanal sghignazzò in faccia all'avvilito Gandolino, mentre tutti commentavano la sconfitta di Fen.

– Bene, chi l'avrebbe detto? Il tuo fenomeno ha il naso di un pesce raffreddato!

– Non fa niente, Fen – disse Gandolino, consolando il suo campione. – Ci hanno fregato, ma resta un'altra prova.

Fen stava a testa bassa. Poi la rialzò, vide gli occhi di Kiki, e Kiki vide i suoi.

– Il punteggio a questo punto è pari, – disse il giudice Baumann – quindi bisogna ricorrere alla prova di spareggio. Cosa volete scegliere? Pernice? Volpe? Gara di nuoto con punta all'anatra?

– Basta con la caccia, – disse Massacro – facciamo qualcosa di più nobile e sportivo, senza sprecare polvere da sparo. Sempre che tu sia d'accordo Gandolino, poiché dubito che tu e il tuo rozzo cane comprendiate lo spirito del vero sport.

– La sportività tu non sai neanche cos'è, ultrà della cartuccia – ringhiò Gandolino. – Accetto la sfida.

– Allora, – disse Massacro con un sorriso perfido – facciamo una corsa a ostacoli. Tremila iarde, più o meno. Da qui alla quercia vecchia di là dal fiume.

– Accetto – disse Gandolino. – Fen non sarà un atleta, ma può battere i tuoi setter e quegli spocchiosi tartufari.

– No, – disse Massacro – per questa corsa io cambio campione.

– E dov'è? – disse il giudice. – Non vedo nessun altro cane qui.

– È giù all'albergo, ma posso chiamarlo.

– Ma sono due chilometri, – disse Baumann – ci vorrà un sacco di tempo...

Massacro fischiò. Si sentì come una folata di vento e dopo pochi secondi apparve il nuovo concorrente.

Mack Three Quicksilver Thunderball da Laguna Seca, levriero deerhound.

– Ahimè, – commentò Raffica il bracconiere – Gandolino è spacciato.

E ci spiegò che, essendo abbonato a "Playdog", sapeva tutto di quel cane. Da anni vinceva tutte le corse di levrieri degli Stati Uniti ed era praticamente imbattibile per i suoi velocissimi simili. Figuriamoci per un cane grosso e pesante come Fen.

– Mi sembra una gara impari – disse il giudice Baumann.
– Possono sempre ritirarsi – ghignò Max Massacro.
– Che ne dici, Fen? – chiese Gandolino.

Il cane guardò prima Kiki, poi il padrone. Nei suoi occhi c'era una domanda.

– Esatto Fen, se vinci possiamo scegliere qualsiasi cane di Max, e diventerà nostro.

Stavano scendendo le prime ombre della sera, quando i rivali si disposero sulla linea di partenza. Mack Three aveva un bellissimo costumino aerodinamico. A Fen erano stati tolti tre etti di pulci per alleggerirlo. Mack Three era splendido, con le lunghe zampe pronte allo scatto e il muso appuntito. Ma Fen parve subire una bizzarra trasformazione. Le orecchie solitamente pendenti si disposero aderenti alla testa, in posizione di corsa. E le zampe storte sembrarono per miracolo drizzarsi e diventare più lunghe.

Partirono.
Mack Three divorò la prima parte su terreno asfaltato, a larghe falcate. Fen si difendeva, correndo come mai lo avevamo visto fare, ma rimase indietro cento metri.

A quel punto iniziava il tratto in salita che portava in cima alla collina. Mack Three procedeva con ampi balzi evitando sassi e rovi. Ma Fen saliva come un trattore, fendendo l'erba, e le sue zampe artigliavano il terreno. Presto lo svantaggio fu ridotto, e Mack sentì alle sue spalle l'ansito del rivale.

Tutti noi dai tetti e dalle terrazze seguivamo la gara, con urla di incitamento. Curnacia il menagramo stava per dire qualcosa sull'esito della gara, ma fu steso con un pugno da Maria Sandokan.

Ora c'era da affrontare un altro tratto insidioso, la discesa verso il fiume. Mack Three era sicuramente favorito, per la maggiore agilità e il minor peso, ma Fen mise in atto la sua tattica. Si avvolse a palla come un porcospino e rotolò giù a velocità folle.

Mack Three vide quell'oggetto sferico e misterioso appaiarlo e accelerò la corsa, ma quando i due rivali giunsero in fondo alla scarpata erano perfettamente pari.

Restavano da guadare cinquanta metri di fiume turbinoso.

Fen si buttò nuotando con vigore, ma l'agile e scaltro Mack non scese in acqua. Si mise a saltare tra le rocce affioranti, di sasso in sasso, e così guadagnava terreno a vista d'occhio.

Mancava ormai pochissimo all'altra sponda e alla vecchia quercia che costituiva il traguardo. Mack Three continuava a saltare tra le pietre del fiume, spronato dalle urla e dalla canea di Massacro e del suo team. Fen non era più visibile e tememmo che fosse affogato.

A due metri dalla riva, Mack Three si voltò e abbaiò di trionfo. Ma qualcosa lo scaraventò in aria. Con un'apnea di un minuto, Fen aveva nuotato come un siluro sotto la superficie dell'acqua e adesso riemergeva fradicio e trionfante.

Con tre zampate raggiunse la riva e con un ultimo sforzo toccò l'albero col muso. Poi giacque, vittorioso e inerte.

Ci precipitammo alla quercia. Fen sembrava morto. Ma non appena sentì l'odore di Kiki alzò la testa. Uno scambio di linguate e nasaculi suggellò l'amore.

Fu una vera festa. Anche i Red Angels, Gault e Millau e

Mack Three si complimentarono. I cani erano molto più sportivi del loro padrone, che schiumando rabbia disse:

– Non vale. Quel bastardo ha usato dei trucchi.

– La smetta, – disse Baumann – se qualcuno ha usato dei trucchi, quello è lei.

– Va bene, – disse beffardo Massacro – immagino che, avendo vinto la scommessa, voi vogliate la mia Kiki.

– Proprio così – disse Gandolino.

– Illuso – rise Massacro. – La nobiltà e il pedigree non si inventano. Sì, adesso i due cani si piacciono, ma tra un mese cosa succederà? Come potrà la mia viziatissima Kiki mangiare pane e cotiche, e dormire vicino a quel puzzolente ammasso di peli? E soprattutto, quali cani nasceranno dalla loro spuria relazione? Quali sgorbi ululanti, quali orrifici botoli? Date retta a me, i nobili con i nobili, i bastardi con i bastardi.

Fen e Kiki ascoltavano a testa china.

Fu in quel momento che Baumann ebbe l'ispirazione.

– Portami il libro delle razze estinte – disse al suo assistente Van Hund.

Lo consultò con attenzione, squadrò Fen e poi disse:

– Appena ho visto Fen, ho avuto una sensazione strana, come se lo avessi già visto da qualche parte. Ebbene, guardate questo disegno. Il grande guerriero tartaro Tamerlano usava andare in battaglia accompagnato da una muta di cani di eccezionale vigore e coraggio. Era una razza unica al mondo, purissima, che fu creduta estinta. Ma non lo è! Guardate: la somiglianza col disegno è perfetta. Avete davanti a voi l'ultimo esemplare di Timur Tartar Moghul Wolfcamel. Fen discende direttamente dai cani di Tamerlano e vanta sangue nobile e antichissimo!

– Inutile dire come finì la storia – concluse il nonno. – Gandolino si comprò un colbacco e iniziò a darsi un sacco di arie, Fen e Kiki vissero felici ed ebbero come figli Tamerlino e Tamara e Rita e Medora e Fenippo e Finferlo e Gilda e Leccalardo e Pulciorio e Nasopilla e Fingal e Zampanò e Umbra e Molly e Billy il Maniaco e Ossicina e Merlot senior e...

– Balle – disse Trincone Toro.

– Non ci credi? – chiese Alice.

– Bugie. Come Cenerentola e quelle robe lì. Se uno nasce povero, povero resta e non avrà mai la donna dei suoi sogni, – disse Ispido Manidoro – io non credo alle favole.

– Ma talvolta... – disse Frida Fon.

– Hai mai visto una top model a spasso con me? – disse Zeppa il muratore.

– Va beh, – disse Alice – ma se il Nonno Stregone la racconta, forse è andata proprio così.

– Balle, – disse Piombino – non succederà mai.

E se ne andò, e qualcuno vide che aveva le lacrime agli occhi.

Allora Melone scosse il capoccione, guardò la luna e intonò *I sogni son desideri* facendo la voce dei topini di Disney. Tutti ci unimmo in coro.

Arriva Rex

Quella notte era luna piena. Il Nonno Stregone non riusciva a dormire, sentiva i funghi agitarsi sotto terra e le trote zigzagare nel torrente. Nel dormiveglia vide un pozzo profondo, e un secchio d'argento.

Pensava a quanto passato poteva ricordare in pochi istanti, era come cercare di tenere l'acqua di un fiume nella coppa delle mani.

Ricordò sorsi di gioia. Poi si addormentò.

All'alba, un rumore spaventoso svegliò il paese. Ci trovammo alla piazzetta e vedemmo che giù nel bosco era tutto uno sciabolare di fari. Il potente boss Sibilio Settecanal, figlio di Massacro, aveva mandato durante la notte un esercito di motoseghe. E davanti a tutti stava una straruspa modello Rex 2008, grande tre volte qualsiasi tirannosauro meccanico avessimo mai visto. Allungava il capo con ansante ferocia, spalancava le fauci e divorava enormi bocconi di terra e pietrisco.

Nella sua formidabile pala dentata ci sarebbe potuto entrare tutto il bar, bottiglie e clienti compresi.

Come opporsi? Ormai il mostro e il suo esercito si erano aperti una strada fino al prato sotto al belvedere della piazza. Non sapevamo se avrebbero sfondato il parapetto o lo avrebbero aggirato per entrare dalla strada.

Piombino salì sul noce con la fionda. I suoi sassi centrarono i vetri del Rex, ma erano vetri blindati e il mostro non arretrò.

Già Trincone e Nerofumo si preparavano a una artigianale resistenza a colpi di badile, e Poldo si era allentato la cintura pronto a sferrare un attacco chimico, quando il nonno disse: – Fermi tutti.

Stava seguendo l'avanzata nemica con la sua vista di falco pellerossa e aveva notato qualcosa di inatteso.

La straruspa Rex improvvisamente si era fermata. Un uomo in tuta arancione era sceso dalla cabina di guida e stava scrutando il terreno. Sembrava che la pala, scavando, avesse portato alla luce un oggetto che gli interessava. Si chinò, lo raccolse, lo esaminò attentamente.

Poi, con gesto perentorio intimò alla squadra dei segaalberi di fermarsi.

La straruspa Rex avanzò da sola, ingranò una rombante marcia e dal prato si immise sulla strada lastricata che portava al bar.

Entrò nella piazza. Era un drago rilucente di umidità notturna, più alto dei tetti delle case. I suoi fari illuminavano il nostro sgomento.

La prima cosa che incontrò nel suo avanzare era il famoso monumento al beato Inclinato. Quest'opera, in marmo bianco con fontana zampillante annessa, era considerata uno dei più brutti monumenti dell'Occidente.

La straruspa con abile manovra caricò il monumento, lo sradicò dalla base, lo sollevò con la pala e lo fece ricadere in mille pezzi. Eravamo senza fiato. Poi Rex abbagliò due volte coi fari e spense il motore.

Dalla cabina scese l'omone con la tuta arancione e un casco da alieno. Si tolse il casco e rivolse a noi il volto annerito dalla polvere. Aprì la mano destra e mostrò a tutti cosa aveva raccolto da terra.

Era una pallina di plastica, una vecchia pallina con dentro la figurina di un ciclista.

L'uomo non riusciva a parlare, sembrava in preda a una grande emozione.

A questo punto, dal nostro gruppo si staccò Ispido e gli corse incontro. Si guardarono.

– Ma tu sei Ciccio il Misero!

L'omone lo abbracciò e piansero insieme.

Ciccio e il grande Omar

Tanti anni fa, un gruppo di ragazzi si riuniva al Bar Sport. Erano una banda eterogenea e chiassosa e avevano come punto di riferimento la piazzetta davanti al bar.

Qui giocavano a pallone. Anche se la piazza, più o meno sghembamente rettangolare, misurava venti metri per quaranta, ci giocavano benissimo sette contro sette. Ma in alcuni giorni riuscivano a giocare undici contro undici, e una volta il vigile Cardellino contò trentasette giocatori. Le due porte erano situate: una davanti al bar, avendo come palo destro il segnale di fermata dell'autobus e come palo sinistro il cartellone dei gelati. La porta opposta aveva come pali due vasi di oleandri davanti al negozio di frutta e verdura.

Ne consegue che ogni gol comportava gravi rischi per gli spettatori e i giocatori.

Segnare nella porta del bar poteva voler dire centrare un tavolo, un avventore, una bottiglia. Se l'avventore era il nonno, te la cavavi con un rimprovero. Se era Trincone, e soprattutto se la bottiglia centrata era sua, scattavano ventidue cartellini rossi, cioè ventidue espulsioni a calci in culo.

Dall'altra parte, un gol poteva significare la distruzione di una cassetta di melanzane, l'esplosione di un cavolo, o centrare le estese rotondità della verduraia Giorgia la Bomba, che era dotata di grande occhio per le primizie, ma anche di grande mira ed era armata di uno schioppo caricato con cartucce a sale. Una sua fucilata a granelli di sale nel culo fu per molti di noi un'esperienza indimenticabile.

Perché i ragazzi preferivano giocare lì piuttosto che nel campetto sottostante?

Era ovvio, bastava domandarglielo. E la risposta era:

– Vuoi mettere il divertimento di rompere i coglioni a tutti?

Ricordo un gruppo di sette ragazzi particolarmente uniti e vivaci. Si chiamavano i Sette Siamonoi, nome che prendeva spunto da un film giapponese visto al cinema del paese. Facevano sempre baracca insieme ed erano:

Ispido Manidoro, che sarebbe diventato operaio tuttofare.

Zeppa il Forzuto, che sarebbe diventato muratore.

Occhialone l'Intellettuale che sarebbe diventato professore.

Artemisia, che sarebbe diventata parrucchiera col nome d'arte di Frida Fon.

Adelmo il Cupo, che sarebbe morto in un incidente di motorino.

Poldo il Porcello, che sarebbe rimasto porcello.

Ciccio Misero, che sparì.

A quel tempo, tutti lavoravano: Ispido, Zeppa e Adelmo aiutavano i rispettivi padri, Artemisia puliva pettini, Poldo svuotava cantine, Occhialone vendeva giornalini vecchi, Ciccio raccoglieva castagne. Perciò, con l'eccezione di Occhialone, nessuno studiava troppo. Bigiavano spesso la scuola e passavano mattine e pomeriggi nella piazzetta.

I loro giochi erano il calcio, poi la fionda, poi le gare di palline.

Il calcio è per definizione interclassista: un povero che gioca bene vale più di un ricco pippa. E anche se le magliette possono essere più o meno sgargianti e le scarpette di marca, è la classe che conta.

E qui i Sette Siamonoi erano uguali, anche se Artemisia giocava meglio di tutti.

Anche fionda e cerbottana erano democratiche. Usando canne e nastro adesivo, Ciccio Misero costruiva cerbottane favolose, con cui centrava una chiappa a cento metri. Adelmo era il migliore con la fionda, sterminava lucertole e lampioni con silenziosa freddezza. Piombino copiò il suo leggendario stile.

Per le palline, o biglie che dir si voglia, era diverso. C'entravano, è vero, l'abilità e la precisione, ma c'era chi era ricco di palline e chi no.
Le palline erano di vari tipi e precisamente.

La pallina di terracotta monocolore.
La pallina di terracotta color mimetico, detta soldatina.
La biglia di vetro piccola.
La biglia di vetro media, detta veneziana.
La biglia di vetro grande, detta boccione.
La pallina di plastica, detta cicca.
La pallina di plastica bicolore e trasparente con dentro la figurina di un calciatore o di un ciclista.

Quindi chi era ricco poteva esibire una maggior dotazione di palline, e anche se le perdeva al gioco le ricomprava.
Nel gruppo dei Sette Siamonoi il più benestante era Occhialone, che poteva contare su almeno un chilo di palline di vetro, con cinque boccioni favolosi, e soprattutto ventisei palline del Giro d'Italia tra cui, oltre ai classici Coppi e Bartali, annoverava Anquetil, Poblet, Van Looy e Massignan.
Ispido aveva una dotazione media. Un sacchettino di biglie di vetro, due boccioni, alcune rare palline francesi di terracotta si dice dipinte da Cézanne, e una buona serie di palline di calciatori tra cui Boniperti, Charles e Lojacono.

Artemisia aveva graziose biglie veneziane di vetro colorato e aveva incastonato dentro una pallina di plastica una foto di Elvis Presley.

Zeppa, che era campione di braccio di ferro ma assai delicato nel cricco, prediligeva le soldatine e alcune grosse palline di terracotta, rumorose come valanghe.

Adelmo il cupo aveva palline nere e funeree, ed era bravissimo a ciccato e palmo.

Poldo Porcello aveva varie biglie unte e bisunte, che teneva in tasca in mezzo a croste di formaggio e caccole secche, e quando qualcuno vinceva le sue palline, poi le doveva disinfettare. Ma era abilissimo, specialmente nelle gare su pista. Aveva una pallina truccata da salita, un Charlie Gaul zigrinato.

Ciccio Misero possedeva dodici grossi piselli, due palline crepate e una sola pallina di plastica con dentro il francese Darrigade.

Il fatto è che Ciccio Misero era un bambino sfavorito dalla vita. Grasso, coi capelli a spazzola e una faccia da luna piena, sempre coi vestiti sbrindellati come se avesse lottato con un branco di lupi. Aveva una maglietta così consumata che poteva essere considerato un anticipatore del nude look. Fu lui a lanciare il pantalone mimetico. In realtà portava un paio di braghe corte verdastre, ma le macchie di sugo, terra e altre schifezze lo avevano talmente impiastrato che poteva sembrare un pantalone militare quale sarebbe divenuto di moda anni dopo.

Era poverissimo, viveva con una zia mistocchinara che vendeva frittelle di castagne per strada. Lui andava a raccogliere le castagne nei luoghi più impervi e aiutava la zia nel lavoro. Ma lei era avara e cattiva. Perciò Ciccio non aveva mai una lira in tasca, e veniva irriso e preso in giro.

Il fanciullo soffriva in silenzio e rosicchiava la sua merenda. Castagne lesse, castagne crude o castagne arrosto quando andava di lusso.

Si univa agli altri ammirando le meravigliose biglie colorate rotolare, scontrarsi e cambiare di proprietario, e ogni tanto cercava di inserirsi coi suoi piselli e le sue palline di terracotta. Ma pochi volevano giocare con lui.

Un giorno arrivò in piazza Birillo Settecanal con la sua ghenga di perfiducci: Vespuccio il Ruffiano, Pupi il Trombone, Pierangelo il Fighetto, Pecos Sterminagatti e Cristina Viperina. Avevano un sacco pieno di palline di vetro, si sentiva il rumore da lontano.

– Chi gioca con noi? – disse Birillo.

– Gioca da solo, stronzo – risposero i sette Siamonoi.

– Mi gioco tre boccioni contro tre normali delle vostre a bersaglina – disse Birillo.

Bersaglina voleva dire che si disegnava per terra un cerchio: chi rimaneva con la sua pallina più vicina al centro le vinceva tutte.

Ciccio Misero non resistette e disse: – Gioco io.

Mise in campo due palline di terracotta e un pisello.

– Non basta – dissero Vespuccio e Pecos.

Allora Ciccio Misero mise in campo la sua unica pallina di valore, il Darrigade azzurro, il suo gioiello.

– Bene, cominciamo: si fanno cinque tiri – disse Birillo, e sfoderò i suoi boccioni. Uno era così grande che il sole ci passava dentro e illuminava di colori tutta la piazza. Sembrava il diamante Koh-i-Noor.

Ciccio Misero sbavò.

Si giocò, e all'ultimo giro Pecos e Vespuccio erano stati eliminati. Restava in lizza solo Birillo.

Ciccio aveva ancora un tiro e si sentiva a un passo dalla vittoria.

Ahimè, il suo avversario non era solo ricco e malvagio, ma anche abilissimo giocatore e dotato di gran cricco.

Quando Ciccio riuscì a piazzare il suo Darrigade proprio al centro del cerchio, sembrava fatta. Ma Birillo sparò il suo

Koh-i-Noor come un proiettile. Darrigade non solo fu bocciato fuori dal cerchio, ma finì così lontano che non fu mai più trovato.

– Tutto mio – disse Birillo. – Imparate a giocare, pezzenti.

Ciccio Misero sparì per tre giorni. Poi si ripresentò, masticando le sue castagne lesse. Allora Occhialone, che era di buon cuore, disse:

– Dai Ciccio, non pensiamoci più. Facciamo così. Compriamo tutti insieme un album di figurine di calcio. Incolliamo le figurine e con quelle doppie scambiamo e giochiamo.

Il volto di Ciccio si illuminò. Un album di figurine tutto per lui, anche se in comproprietà! Non provava un'emozione simile da quando aveva vinto un pandoro alla lotteria del paese. Una lacrima scese sul suo faccione selenita, e lui la ingoiò.

I ragazzi lavorarono sodo per guadagnare il necessario. Ispido riparò diversi giocattoli, Artemisia fece vedere le mutande a un ricco compagno di scuola, Zeppa vinse cinquanta lire a braccio di ferro. Occhialone vendette un libro, Adelmo rubò nella borsa della mamma, Poldo Porcello e Ciccio Misero raccolsero un sacco pieno di castagne e lo vendettero a una pasticceria.

Emozionatissimi si recarono al chiosco di Fefè, il giornalaio fumatore che aveva già dato tre volte fuoco all'edicola. L'odore di sigaro, giornali e carta inchiostrata li inebriò. Belle donne sorridevano dai settimanali, fumetti colorati mostravano i loro eroi, i giornali sportivi parlavano dei campioni di cui presto avrebbero conosciuto il volto.

Comprarono l'album e dieci bustine di figurine.

Come descrivere l'emozione, le grida, la gioia a ogni apertura, quando i calciatori, nelle loro maglie colorate, sbucavano fuori dalla bustina? Ebbe mai tale gioia il presidente che comprò Pelé o Maradona?

E come descrivere l'odore della collamidina, con cui attaccavano le figurine nella loro sede numerata, come santi nella nicchia?

E l'entusiasmo di vedere le pagine inizialmente bianche riempirsi di colore, e poter dire a tutti "ne ho già sei della Fiorentina"?

E la delusione di trovare i doppi, subito tramutata in gioia per la possibilità di scambiarli e giocarci?

E il piacere di sentire in tasca il prezioso mazzetto e poter andare alla Wall Street delle figurine, i gradini del monumento al beato Inclinato, dove, insieme coi ragazzi di Montelfo e altri paesi, si facevano permute e baratti e risuonavano le immortali parole

Ce l'ho ce l'ho m'amanca...?

Passò un mese e l'album diventava ogni giorno più grassotello. Qualche figurina veniva comprata, qualcuna scambiata, qualcuna si vinceva a battimuro, a soprasotto, a zigozago.

Quello che prese più seriamente la cosa fu naturalmente Ciccio Misero. A lui era affidato l'album. Lo portava sempre con sé. Era la sua gioia e la sua ossessione. Diventò drogato da collamidina. Annusava la colla e le figurine finché non gli venivano gli occhi storti e impallidiva. La notte dormiva con l'album sotto il cuscino.

Era la sua ricchezza, il suo tesoro.

Non era più Ciccio Misero.

Era Ciccio con un album di ben duecento figurine. Ma qualcosa stava per sconvolgere la sua vita.

Come forse qualcuno sa, c'è sempre stata in ogni collezione una figurina rara e leggendaria. Tutti abbiamo sentito parlare del feroce Saladino. In una collezione di navi e marinai, la figurina introvabile era l'ammiraglio Nelson. In una collezione di animali, era l'alce canadese, in una collezione di calcio di qualche anno dopo sarebbe stato il portiere Pizzaballa.

Era un trucco dell'editore, per non far esaurire la ricerca e vendere altre bustine.

Ebbene, nella collezione di quell'anno la figurina introvabile era la numero 101, il grande Omar.

Nessuno l'aveva ancora trovata. C'erano state anche proteste e lettere ai giornali. Gli editori giuravano di aver stampato ogni figurina in uguale quantità, ma non erano creduti. Si favoleggiava che una figurina 101 fosse posseduta dal figlio di un notaio di Roma che la custodiva in cassaforte. Altri dicevano che ne erano state trovate due in Islanda. Intanto, la leggenda del rarissimo grande Omar cresceva.

Un giorno, mentre i sette amici controllavano l'album e festeggiavano per aver finito la pagina dell'Atalanta, arrivò a guastare le feste il solito Birillo con la sua ghenga. Aveva sotto braccio un album rigonfio. Dietro a lui Pecos e Pupi spingevano una carriola piena di doppi, centinaia di figurine accatastate.

– Sono venuto a vedere se potete fare qualche scambio – disse ridendo. – Ma non credo. Vedete, ormai ce le ho tutte.

Mostrò pagina per pagina il suo album, e sembrava completato.

– Per forza, – sospirò Ispido – è facile quando puoi comprare venti bustine al giorno.

– Veramente ne compro trenta – disse Birillo.

Ciccio Misero stava in silenzio. Guardava quelle meravigliose figurine nella carriola. Sognava di nuotarci dentro, come Paperon de' Paperoni nei soldi del suo deposito. E tristemente si allontanò con le mani in tasca. Così facendo, si ricordò di avere in saccoccia una bustina. Voleva aprirla l'indomani, giorno del suo compleanno. Ma decise che era inutile aspettare, tanto non avrebbe mai posseduto l'abbondanza di Birillo.

La bustina era un po' ciancicata, e la aprì.

Lo vedemmo trasformarsi. La faccia da luna piena diventò un sole radioso, i brufoli si spianarono e sembrò per un attimo quasi snello.

Nessuno capiva il motivo di quella metamorfosi, ma lui sì.

La prima figurina della bustina era niente meno che il grande Omar! Omar Sivori, la figurina numero 101.

Ciccio Misero avanzò con passo deciso e risoluto. Sembrava un cowboy che va al duello finale.

– Che c'è, Ciccio? Perché cammini che sembri che hai una scopa nel culo? – disse Birillo con sgrammaticata spocchia.

Ciccio Misero tirò su col naso. Poi con fare noncurante disse:

– Allora Birillone, hai finito la collezione?

– Beh, sì...

– "Beh, sì" o "Beh, quasi"?

– Cosa vuoi dire? – disse Birillo, impallidendo leggermente.

– Hai tutte e duecento le figurine?

– Non ci credi?

– Allora fammi vedere la Juventus. Scommetto che hai attaccato due figurine uguali, per coprire il buco di una che ti manca...

– Non è vero – disse Birillo, ma era diventato rosso come la maglia della Roma.

– Allora facci controllare la pagina – incalzò Ciccio.

– Beh, insomma, non fare il furbo! Lo sanno tutti che c'è una figurina introvabile. Il grande Omar. Quella ovviamente non ce l'ho.

– Ah – disse Ciccio. – Vorresti dire che ti manca... questa?

E mostrò la figurina. C'è chi giura di aver sentito, in quel momento, un coro di angeli nel cielo.

La clamorosa notizia si sparse ovunque. Iniziò così la nuova vita di Ciccio Misero, la sua fortuna e perdizione.

Da Ciccio Misero divenne Ciccio CheCulo, o Ciccio Ricco. Tutti lo attorniavano per poter vedere la magica figurina e gli pagavano chi una cedrata, chi una merendina, chi un gelato. In un solo giorno mangiò più ghiaccioli che in tutta la sua vita precedente. Ripresosi dalla diarrea, ricevette un invito a casa Settecanal. Birillo aveva una proposta per lui.

– Non andare, – disse Artemisia – quelli non sono tuoi amici.

– Io faccio quel che mi pare, – rispose Ciccio – insieme a voi non mi è mai capitato niente di buono, sono sempre rimasto un pezzente. Adesso inizierà la mia fortuna.

Infatti Birillo lo accolse in casa sua, in un lussuoso salotto pieno di quadri e arazzi. Con lui c'era la sorella Selvaggia Settecanal, che dardeggiava Ciccio con occhiate false ma efficaci.

A Ciccio fu subito offerto un tè.

Alla domanda "latte o limone?" rispose "c'è alla banana?".

Il suo metro di misura erano ancora i ghiaccioli.

Poi gli furono offerti i marron glacé. E lì capì che anche una cosa semplice come la castagna può diventare preziosa, se ben inzuccherata e presentata. Questa poteva essere una metafora della sua sorte.

Ciccio non sapeva cos'è una metafora, ma sapeva bene che doveva sfruttare l'occasione.

Birillo Settecanal gli fece un'offerta irrinunciabile. Se Ciccio gli avesse dato il grande Omar per completare la collezione, lo avrebbe accolto nel club dei suoi amici e lo avrebbe colmato di attenzioni e regali.

Gli occhi di Ciccio brillarono. Poi chiese:

– Voglio una cosa ancora!

– Cosa?

– Il Koh-i-Noor! La tua biglia più grossa!

Iniziarono così l'ascesa sociale e la rovina morale di Ciccio Misero.

Ora andava in giro con quei piccoli bellimbusti. Al posto della logora maglietta, ostentava una Lacoste rosa che lo faceva somigliare a un maialetto. E i pantaloni mimetici erano stati sostituiti da un paio di jeans con le tasche rigonfie di boccioni e palline pregiate.

Neanche più salutava i vecchi amici. Aveva sempre un ghiacciolo in una mano e un giornalino nell'altra. E si rifiutava di andare a castagne per la zia.

– Non puoi capire, vecchia – le diceva. – Tu non hai mai mangiato un marron glacé.

I Sei Siamonoi erano naturalmente delusi e rattristati. Al posto di Ciccio fu preso in squadra Silvio Scoiattolo. Ma presto la tristezza si trasformò in indifferenza. – È uno dei loro, ormai – disse Occhialone.

Solo Ispido non si dava pace.

– Non sarà mai felice, – diceva – la felicità è come l'acqua. Non arriva in un momento, bisogna trovarla, preparare la pompa, fare un pozzetto, mettere le tubature e i rubinetti. Dopo che te la sei conquistata con fatica, allora la puoi bere.

E infatti Ciccio stava per ricevere una dura lezione sulle classi sociali e sulle leggi del mercato. Una mattina andò a salutare Birillo, suonò ma non gli fu aperto. Birillo dalla finestra gli disse: – Vattene, grassone. Tu e il tuo Omar non valete più niente.

Era accaduto che le edizioni Baghini, che stampavano le figurine, avevano deciso che ormai la caccia al grande Omar poteva finire. Furono immesse sul mercato diecimila figurine del calciatore, tutti lo trovarono e furono pronti per una nuova collezione.

Per Ciccio fu la fine del sogno. Una notte la banda di Birillo lo aggredì e gli tolse tutto. Lacoste, pantaloni e palline. E lo lasciò triste e in mutande, a riflettere sulla caducità delle umane fortune e sulle spietate leggi dell'economia.

Ma Ciccio non fu lasciato solo. Dopo qualche giorno si ripresentò timidamente al campetto, e il Nonno Stregone, che aveva saputo la storia, gli andò incontro e disse: – Vieni, parliamo.

– Vedi, Ciccio, – gli spiegò – una macchina più grande di noi decide quanto valgono le cose e quanto sono rare e preziose. Ma può cambiare idea da un momento all'altro. Siamo tutti clienti e venditori, e sempre più lo saremo. Ma ci sono cose che sono rare e preziose, e lo resteranno. Ad esempio, i tuoi amici. Vai da loro, e vedrai che non sono cambiati.

Così fu. Dopo qualche sfottò e muso duro, Ispido gli diede la mano e Ciccio tornò uno dei Sette Siamonoi. E Artemisia gli mise in mano la pallina di Darrigade, che aveva trovato in un prato, probabilmente mentre si sbaciucchiava con Zeppa.

Ciccio pianse e abbracciò tutti uno per uno.

Ma ormai era perduto. Stava ore e ore a guardare il vassoio dei marron glacé nella vetrina della pasticceria. Vagava senza meta. Quel breve periodo di ricchezza lo aveva segnato e devastato. Era pieno di rabbia e umiliazione.

Una mattina partì con la corriera e non lo vedemmo più.

Parte seconda

Ciccio Big Italian Boy

E Ciccio Misero era tornato, ma adesso era Ciccio il grande ruspista e ci raccontò la sua vita. Era andato a fare il cameriere in città, poi era salito su una nave ed era emigrato in America, nel gelido Dakota, dove aveva imparato a guidare grandi ruspe e spazzaneve. Con il nome di Big Italian Boy aveva percorso avanti e indietro tutti gli States, dal Nord al Sud. Aveva conosciuto boschi dove c'erano castagne grosse come cocomeri e deserti dove si giocava a palline su piste roventi lunghe chilometri. Si era sposato e aveva divorziato. Ma ricordava sempre con nostalgia il suo paesello, e sognava di tornare.

Ed ecco l'occasione: un giorno lesse su un giornale: "*Cercasi autista per una straruspa Rex*". Lui aveva guidato di tutto, e conosceva bene quel mostro meccanico. Immaginate la sua gioia quando seppe che il lavoro si sarebbe svolto nella sua patria, vicino ai luoghi ove era nato. Solo all'ultimo momento gli fu comunicato l'incarico: spianare il bosco per aprire una strada verso Montelfo, nel quadro di una enorme cementificazione.

All'inizio si era detto: beh, è un lavoro come un altro.

Ma andando avanti ad abbattere le querce e i castagni della sua infanzia si era reso conto che la sua anima soffriva e ricordava. Già una volta si era venduto a Birillo per danaro e ora si vendeva a suo figlio, l'ancor più potente Sibilio Settecanal.

Così il suo cuore aveva sobbalzato, quando aveva capito che la ruspa era stata sabotata da Ispido. Sentimenti contrastanti lo dilaniavano, mentre guidava il mostro Rex verso Montelfo.

Poi qualcosa di inatteso era accaduto.

La ruspa, rivoltando la terra, aveva portato in superficie una pallina. Lui l'aveva vista brillare, alla luce dei fari. L'aveva raccolta. Si era ricordato della sua infanzia, e di chi gli aveva voluto bene. Era un segno del destino.

– Bella storia, Ciccio – commentò il Nonno Stregone. – Ma perché hai distrutto il monumento?

– Fatevi furbi – disse Ciccio strizzando l'occhio. – Adesso scoppierà un casino con la Soprintendenza alle Belle Arti, ci sarà un'inchiesta, accertamenti, verifiche. I lavori saranno sospesi. E voi avrete il tempo per le vostre contromosse.

– Grande Ciccio, – disse Ispido – sei nuovamente dei nostri!

– Yes – disse Ciccio, mentre veniva sommerso di ghiaccioli.

Si fece avanti una delegazione dei bambini del paese. Erano Bingo Caccola e Tamara Colibrì.

In segno di riconoscenza consegnarono a Ciccio le figurine più rare del collezionismo moderno, ovvero la Fata Troietta della collezione delle Swindles e capitan Diskarikon, il più introvabile degli Smegmen, pupazzetto che, premuto sulla pancia, rilasciava mezzo chilo di vomito verde aromatizzato alla merda di cavallo.

– Bellissimi, grazie – disse Ciccio con gli occhi lucidi.

Mentre festeggiavamo con libagioni l'amico ritrovato, vedemmo qualcosa che non ci piacque. Da una macchina scesero insieme Sibilio Settecanal e il sindaco Velluti. Sibilio faceva grandi gesti verso la valle, come per dividerla e ricomporla. Velluti annuiva. Poi si diedero la mano e Velluti venne verso di noi.

– Cari ragazzi – disse.

– Un cazzo – disse Archivio, sgommando sulla sedia a rotelle. – Cosa vuoi dirci?

– Quando ci chiami "cari ragazzi", mi sa che porti sfiga – disse Culobia, grattando un gratta-e-vinci. – Infatti ho vinto solo un euro.

– La politica non è superstizione – dichiarò Velluti.

– È ancora peggio. I gatti neri non chiedono la tangente – disse Archivio.

– Sono qui per spiegare – disse Velluti con un sospiro spazientito.

– Parla, o primo cittadino – disse il preside Micillo – e sia il tuo eloquio sinceramente magmatico e sfuggente, come noi ci aspettiamo.

Il sermone di Velluti

– O miei cari elettori. Ho ricevuto notizia dei vostri dubbi e preoccupazioni e ne apprezzo l'infantile inquietudine e il minoritario vigore. Ebbene, io rispetto le vostre ragioni. Ma la storia cammina a grandi passi e spesso non riusciamo a seguirne l'ampia falcata riformista. Montelfo sta per incontrare un cambiamento epocale. Presto la modernità la ricoprirà dei suoi doni.

Da sempre, dal paese siamo andati verso la città, a lavorare o a cercare ebbrezza e svago.

Ora è la città che viene a noi. Non solo sotto forma di turismo, ma con la sua economia, la sua tecnologia, il suo know-how.

– Au – rispose Merlot.

– Vedo che qualcuno ha capito. Ebbene, Montelfo diventerà una propaggine della città, un fertile ramo, un salubre bocciolo. Una strada ecocompatibile taglierà biodiagonalmente il bosco, e ci collegherà all'area metropolitana che, nelle notti più chiare, possiamo veder sfavillare col suo tappeto di luci lontane. Su questa collina, tra la piazzetta e il belvedere che tutti ci invidiano, sorgerà un insieme edilizio ecovirtuoso e geodinamico che non esito a definire superbo.

La valle verrà punteggiata di ridenti villette che avranno come punto di riferimento un equilibrato complesso centrale con un grande residence, piscina e campo da tennis, supermercato, centro fitness, banca e altre leccornie.

E c'è di più: una grande antenna televisiva, la terza per altezza in Europa, veglierà su tutto questo dalla cima del monte, simbolo della nostra più stretta connessione al mondo.

So che qualcuno di voi dirà: lei ci aveva promesso altre cose. Riparazioni del vecchio acquedotto, lavori all'edificio scolastico, case recuperate, strade nuove, argini del fiume, piano agricolo eccetera. Ebbene, la nostra forza è nel cambiamento, e anche nel cambiare quello che volevamo cambiare, e quindi cambiare il cambiamento. Se non vogliamo far vincere la destra mercantile e la deriva populista, dobbiamo fare spazio a quello che c'è in mezzo. Io non so cosa c'è in mezzo, ma sento che è bello.

– Bravo – disse una cornacchia dall'albero.

Con gli anni Velluti aveva imparato la ventriloquia e punteggiava i suoi interventi con autoapprovazioni.

– Grazie! – proseguì il sindaco. – In quanto al vostro vecchio bar, non verrà distrutto, anzi! Sarà conservato pietra per pietra, tazzina per tazzina, all'interno del supermercato, non sarà più battuto da pioggia e vento. Dai vetri potrete ancora contemplare la vostra amata valle. Potrete vedere i ragazzini giocare a pallone su un video registrato.

E tutto ciò senza spese per voi, poiché questo miracolo sarà frutto dei coraggiosi investimenti di un pool di imprenditori. Già sento le anime belle che dicono: ma tra questi imprenditori molti hanno avuto processi e prescrizioni. Sì, forse qualche piccola distratta bancarotta, qualche tentata corruzione di giudici o incauti contatti con la mafia. Ma intanto essi hanno creato reddito, ricchezza, posti di lavoro.

– Giusto – disse un paracarro, e scoreggiò. Velluti non sapeva ancora controllare il diaframma da ventriloquo.

– Lo so, – proseguì il sindaco con un sospiro – un tempo eravamo diversi. Ma anche il mondo era diverso. Quindi abbiamo dovuto essere diversamente diversi. Ascoltatemi. La destra ha voluto questo paese più ignorante, più irresponsabile, più corrotto, più culturalmente misero. Ebbene, la sinistra ha risposto con una mossa concreta. Ha tolto a voi, a tutti, la vergogna di essere ignoranti, irresponsabili, corrotti e culturalmente miseri. Vi ha spiegato che potete essere proprio come loro. Potete vedere le loro stesse trasmissioni televisive, parteciparvi, non leggere, non istruirvi, prendere tangenti, restare al vostro posto quando siete inquisiti. Potete essere, quando arrivate al potere, forti coi deboli e deboli coi pettoruti. Perché, a differenza di loro, voi sapete cosa siete e quindi potete tornare indietro quando volete. Perché il vostro ordine non è il loro, anche se usate le stesse ruspe, la stessa polizia, gli stessi pregiudizi. Quindi, votateci!

– Ma non ci sono mica le elezioni – disse Ispido.

– È vero, scusatemi, mi sono lasciato trascinare. Allora, siete con me?

– No, – disse Melone – io sono scemo ma mica così tanto.

– Allora volete vivere senza un centro commerciale di diecimila metri quadri?

– Veramente ci basta fare pochi chilometri e ce n'è uno di ventimila – disse Simona Bellosguardo.

– Quanti letti ci stanno in diecimila metri quadri? Più o meno di otto? – chiese Abdul Sgomberati.

– Lo ha detto anche lei, sindaco – gridò Gina Saltasù. – La valle è piena di campi abbandonati, case sfitte, argini da rifare, strade scassate. Ci sono ancora i segni del terremoto. Perché non pensiamo prima a questo?

– Il castello è abbandonato da anni, in sei mesi lo riparo tutto – disse Ispido.

– E anche per noi fantasmi fa freddo – sussurrò un conte dell'Ottocento.

– E se voglio mangiare un hamburger, qui ci sono tutti i topi che vogliamo – disse Poldo Porcello.

– L'acquedotto è marcio, dei giorni vien fuori acqua che sembra minestra di fagioli – disse Sofronia.

– Nella mia scuola ci piove dentro – disse Alice.

– Le mie mucche non hanno la filodiffusione – disse Maria Sandokan.

– E io aspetto sempre quel posto di bidello – disse Raffica.

– Uffa, – disse Velluti – tutti contro di me. Ma che ci posso fare io? Sono solo una pedina.

– Sì, ma gioca coi bianchi, non coi neri – disse il nonno.

Velluti chinò il capo.

– Poverino, soffre – disse la cornacchia ventriloquata.

– Cittadini, elettori, branco di zucconi, mi dispiace per voi – concluse il sindaco. – Sibilio è molto potente. Ha già telefonato alla Soprintendenza. In poco tempo arriverà l'ordine di proseguire i lavori, nonostante il monumento distrutto. Se dovete trovare una soluzione, trovatela in fretta.

– Quindi, – disse Alice – lei è dalla nostra parte?

– Ecco... – disse Velluti, cingendole le spalle – quando avevo la tua età, bimba, ed era in corso una guerra sanguinosa che liberò l'Italia, ma in cui ambedue le parti si macchiarono di crimini orrendi e la cui storia dobbiamo rivisitare con pacato equilibrio, allora io...

Non finì la frase, Trincone Toro stava avanzando verso di lui con un forcone da pagliaio. Il sindaco sparì con velocità inaspettata, scavalcando le macerie del monumento.

Ci fu un attimo di silenzio.

Poi Curnacia disse:

– Mi sembra che questo sindaco ci porterà fortuna.

– Qualcuno ha delle proposte? – chiese Archivio, toccando tutte le balle disponibili.

– Io vorrei raccontarvi un episodio della storia ateniese – disse il professor Micillo.

Tre quarti dei presenti dileguarono.

– Su, calma – disse il Nonno Stregone. – Finiamo questa deliziosa bottiglia di Sangue di Giove e chiediamole ispirazione. Stanotte ognuno di noi avrà un magico sogno rivelatore.

– In alto i calici – brindò Trincone.

– Va bene, – sbuffò Ispido – ma mi mangio i marroni perché Velluti l'ho anche votato.

– Io no, – disse Fefè – io non ho votato.

– E invece dovevi votarlo e poi mangiarti i marroni – disse Ispido.

– E cos'hai lì nella borsa? – lo incalzò Trincone.

– È un pezzo del monumento, un bel blocchetto di marmo. Ci farò un bellissimo nano per il giardino...

– Mollalo, terrone!

– Neanche per sogno, oste beone e miliardario...

Il clima si stava surriscaldando, quando si udì un grido trionfale.

– Ho vinto duecento euro al lotto – disse Culobia.

– Offri da bere, vecchiaccia – disse la fruttivendola Giorgia.

– A te no, cicciona filogovernativa capitalista – rispose Culobia.

– Ringrazia Dio della tua fortuna.

– I numeri al lotto non me li dà Dio, – disse Culobia – ma la buonanima di mio nonno Goffredo, uomo buono, generoso e bestemmiatore.

– Orrore, – disse Giorgia – marcirai all'inferno come una zucca col mal bianco, un cetriolo col mosaico, un pomodoro con la peronospora...

– E tu ci andrai con tutti i tuoi inutili soldi nel girone evasori fiscali, bigotti e spie!

– Su, non litigate e non discutete di religione davanti al santo ricordo del beato Inclinato – disse il nonno con tono cardinalizio.

– Perché? – dissero le due contendenti.

– Vergogna! Non conoscete la storia del beato Inclinato e del suo monumento?

– È una storia importante?

– Esatto. Solo che adesso non me la ricordo – disse il nonno, che aveva un po' esagerato col Sangue di Giove.

– Io invece sì, – disse Archivio – se no che archivio sarei?

Storia di Inclinato e del suo monumento

Tanti anni fa viveva, in un piccolo casolare di campagna, un bambino di cui nessuno ha mai saputo il vero nome. Era il podere più povero di tutta la zona. Un orticello, due alberi di mele, una mucca e una gallina. Il bambino senza nome viveva lì da solo. Il babbo era morto colpito da un calcio della mucca e la mamma era scappata col macellaio e la mucca. Il bambino a sette anni doveva badare a se stesso, raccoglieva castagne e mele e mangiava ogni giorno un uovo della pennuta superstite. Era una vecchia gallina di nome Turchina, l'unico conforto nella sua vita oltre al libro *Pinocchio*, che leggeva ogni sera. Una notte, una volpe particolarmente bastarda e letterata rubò la gallina, il padellino per cuocere le uova e il libro.

Il bambino, senza più ragione di vivere, decise di impiccarsi proprio come accade al suo eroe burattino. Fortunatamente il ramo della quercia cedette e lui precipitò al suolo, sotto la pioggia e con un gran torcicollo.

Restò disteso e stordito tutta la notte, e sarebbe forse morto di fame e di freddo. Ma per sua fortuna passarono di lì Priscilla e Camilla, due suore dell'ordine delle Beate Impagliate che andavano a rubare ciliegie in un frutteto vicino.

Queste suore erano famose perché quando una di loro moriva la squartavano, la imbalsamavano e poi la tenevano a messa, oppure a tavola, con loro. Era la loro risposta alla crisi delle vocazioni.

Perciò il bambino senza nome quella sera cenò con dodici suore, ma solo quattro parlavano e si muovevano. Quando capì la verità, si mise a urlare.

Le suore compresero che quello non era luogo adatto al piccolo e lo affidarono al parroco don Pinpon. Don Pinpon era così detto per la sua veemenza nel suonare le campane, che riusciva a far udire fino a paesi tropicali. Ma anche per le attrazioni della sua piccola parrocchia. Per attirare i bambini aveva ristrutturato una stalla e ci aveva messo dentro ping-pong, calcio-balilla, biliardo, e sul prato antistante aveva spianato un campetto da calcio con veri pali e traversa in legno di faggio. Era un prete goloso e bonario, benvoluto da tutti, a differenza del suo collega di Montenero, don Mela, i cui rapporti con i bambini erano assai chiacchierati. Invece la moralità di don Pinpon era quasi sicura. Dico "quasi" perché non molestava i bambini ma gli piacevano moltissimo le suore. Quando suor Priscilla e suor Camilla portarono il pargoletto uscirono stravolte e con i vestiti in disordine, pregando per l'anima dell'incandescente sacerdote.

Don Pinpon accolse il bambino, notò che era già bravo a curare l'orto e a fare lavori di casa, e decise di farne un buon chierichetto. E qui finalmente il piccolo ebbe un nome.

Al Misereatur della messa, quando il bambino doveva rispondere *et, dimissis peccatis tuis* eccetera, il prete gli sussurrava sempre "inclinato, inclinato" poiché la liturgia prevede appunto che il chierico sia

alquanto inclinato e rivolto verso il sacerdote.

Molti udirono e pensarono: che strano nome ha quel bambino. E iniziarono a chiamarlo Inclinato. Non era un granché, ma sempre meglio di Alquanto o Rivolto

Inclinato visse la sua infanzia nella parrocchia. Diventò bravissimo in ogni gioco. A ping-pong sembrava un cinese, batteva tutti con una mano legata dietro la schiena. A biliardo faceva filotto a ogni tiro. A calcio-balilla riusciva addirittura a palleggiare in aria tre o quattro volte prima di tirare.

Il prete si accorse subito che Inclinato possedeva qualità sorprendenti e misteriose. Aveva visioni e sentiva voci. Una notte lo sentì parlare e si avvicinò alla porta della camera. Inclinato stava parlando in perfetto latino del dogma della resurrezione. E sembrava rispondere a qualcuno.

Il mattino, mentre Inclinato sorbiva il suo caffellatte, don Pinpon gli chiese a bruciapelo:

– Con chi parlavi ieri notte?

– Non lo so, era un signore scuretto di pelle. Ha detto di chiamarsi sant'Agostino.

– E cosa ti ha detto?

– Oh, niente. Mi ha detto *Fecerunt itaque civitates duas amores duo: terrenam scilicet amor sui usque ad contemptum Dei, coelestem vero amor Dei usque ad contemptum sui.*

Don Pinpon scolorò.

– E sai cosa vuol dire?

– Più o meno.

Il parroco cercò in tutta la sagrestia un libro di sant'Agostino dove Inclinato avrebbe potuto leggere quella frase. Ma non lo trovò. Alla fine pensò: magari tra i fedeli qualcuno conosce Agostino e gliene ha parlato.

Ma capì che la cosa era seria quando sentì Inclinato che lavava il pavimento e cantava:

– *Cantate vocibus, cantate cordibus, cantate oribus, cantate moribus. Cantate Domino canticum novum.*

Il vecchio parroco ci pensò su a lungo. Chiese consiglio a Dio e soprattutto a santa Alvara, la santa campanara, di cui era devoto. Ma non era facile prendere una decisione. Se non parlava, poteva privare il mondo di un miracolo. Se parlava, il bambino sarebbe stato portato via, analizzato, inquisito. La sua giovane vita sarebbe stata sconvolta. E poi non si poteva mai dire: e se non fosse stato sant'Agostino ma il demonio, a ispirare Inclinato?

In quella zona viveva padre Nathan l'esorcista, un omone alto due metri, terribile cacciatore di diavoli. Si diceva che nella sua sagrestia ci fossero, appesi al muro, una ventina di trofei cornuti. Guai se Inclinato fosse caduto nelle sue mani!

Come poteva lui comprendere i disegni dell'Altissimo?

I suoi dubbi svanirono la notte stessa.

Gli apparve santa Alvara. Era bellissima, ma molto diversa dal quadro che lui teneva in sagrestia. Vestiva un tailleur con lo spacco e fumava.

– Caro Pinpon, – gli disse – i tuoi dubbi ti fanno onore. Ma non parlare a nessuno delle doti di Inclinato. Io veglierò su di lui.

Il bambino crebbe e diventò un ragazzo di bell'aspetto. Piaceva molto alle coetanee e anche a don Mela, che però fu invitato da don Pinpon a girare alla larga.

Il segreto di Inclinato restò nascosto, anche se qualcuno sosteneva di vederlo un po' strano e di averlo sentito parlare con gli animali.

In effetti parlava con le oche, con le mucche e soprattutto con i maiali.

Don Pinpon lo sorprendeva spesso davanti al recinto dei porcelli, e tutti insieme grufolavano rumorosamente.

– Cosa stai facendo? – chiedeva il prete.

– Oh, ci scambiamo barzellette – rispondeva Inclinato. – Ma non è un granché, non sanno raccontarle.

In verità, Inclinato continuò a sentire voci e ad avere visioni. Con le voci non c'era problema. Era come se avesse le cuffie: andava in giro ballando, solo che invece di sentire i Rolling Stones sentiva il *Dies irae*. Le visioni invece si erano modificate con l'età. Vedeva di rado sant'Agostino. Ma gli appariva spesso il rude sant'Agapito, il santo dal pugno proibito, che convertì più di trecento infedeli a cazzotti e che nel santino è ritratto in posizione di guardia a boxe. E nell'età dei turbamenti vedeva sovente san Teofrasto che ti preferisce casto, e soprattutto san Gaetano che ti ferma la mano. Ma poi apparve, bella e procace, Alvara la santa campanara, e quando arrivò santa Callista la spogliarellista la castità andò a farsi benedire e giù pippe. Questo tormentato periodo non gli causò stigmate, ma grossi brufoli violacei che gli pralinarono le guance.

Don Pinpon, che anche lui si turbava una volta al mese, lo capì e non fece drammi.

Così la vita di Inclinato procedeva tranquilla, tra l'orto, i lavori domestici e la sala giochi della parrocchia, dove era un idolo. Ma intanto l'ombra della guerra si allungava sul paese, e le squadracce arrivarono fin sulla soglia della chiesa, a cantare i loro inni marziali e ad arruolare ragazzi.

Inclinato non capiva bene cosa stesse succedendo. Quando chiedeva qualcosa a don Pinpon, quello rispondeva:

– Non occuparti di politica, Inclinato. Ma sappi che i buoni cristiani sono ben altra cosa da questi prepotenti.

Fu una notte d'inverno che accadde qualcosa di inatteso e fatale.

Inclinato già da una settimana faceva brutti sogni e sentiva voci paurose. Grida, sghignazzi e ringhi di bestia. E una notte un gufo entrò nella stanza e si mise a fissarlo.

– Cosa vuoi? – chiese il ragazzo.

– Il mio padrone sta per arrivare – disse il gufo, e volò con gran fragore di ali fuori dalla finestra.

Una sera Inclinato era insieme a un gruppo di amici, tra cui anch'io, l'allora giovane Archivio. Stavamo giocando a boccette e Inclinato, che era buono di cuore, faceva finta di sbagliare se no non c'era gara.

Improvvisamente entrò un manipolo di giovinastri. Non erano del paese, venivano da fuori. A capo c'era un ragazzo in divisa da balilla, capelli corti e occhi stralunati.

Camminava in modo strano e Inclinato notò che il suo labbro nascondeva una dentatura aguzza da volpe. Non poteva sbagliare. Quello era il diavolo travestito.

– Sei tu il ragazzo che chiamano Inclinato? – disse il nuovo venuto.

– Sono io. E tu sei...

– Preferirei che questo restasse un segreto tra noi, – sussurrò il ragazzo – ma loro mi chiamano Lucindo.

– Certo, Lucindo, – disse Inclinato – e cosa vuoi da me?

– Beh, ti seguo da tempo, o mio virtuoso amico, – sorrise Lucindo Lucifero – tra quelle visioni che ti turbano tanto ci sono anch'io. Adoro vestirmi da donna. So che sei un ragazzo molto speciale. Un'anima bella. E io, come sai, adoro le anime belle.

E sorrise, mostrando i canini.

– Beh, io non sono un santo, – rispose Inclinato – ma non voglio avere niente a che fare con te.

– Dovrai, – ghignò Lucindo – o invece della tua anima mi prenderò quella di qualcun altro. Magari l'animaccia di don Pinpon.

– Non farlo – disse Inclinato. – Cosa vuoi da me?

– Così andiamo meglio – disse Lucindo accendendosi una sigaretta col calore della mano, mentre i suoi amichetti si erano impossessati dei giochi e sfottevano i presenti.

– Questo posto ci piace – disse uno dalle folte sopracciglia. – Mi sa che verremo spesso a divertirci.

E con l'unghia stracciò il panno del biliardo.

– Ehi, non potete – disse Inclinato.

– Perché, se no cosa fai? – dissero i bulli, circondandolo minacciosi.

– Calma, calma – disse Lucindo. – Mamone, Mefisto, lasciate perdere queste piccole risse. Possiamo risolvere tutto con una sola grande sfida. Inclinato, mi dicono che sei un campione a ping-pong. Che non perdi mai. Allora facciamo una partita secca. Se vinco mi prendo la tua anima... voglio dire, la tua bella camicia bianca.

– E se vinco io?

– Non lo credo possibile – rise Lucindo. – Comunque, se mi batti, scegli tu il premio che vuoi.

– Non te lo chiedo ora, – disse Inclinato – ma se vinco potrò chiamarti, un qualsiasi giorno futuro, e dovrai farmi un favore.

– Quante storie, – disse Lucindo – cominciamo.

Uno dei suoi amici gli porse una racchetta di gomma rossa sfavillante, meravigliosa.

Inclinato prese la sua, di legno, logora ma collaudata.

Ero presente a quella partita e giuro che quanto racconterò è vero. Mai si vide qualcosa di simile, neanche ai campionati nazionali cinesi, né alla finale dei Centobraccia di Zembla, neanche a Wimbledon, neanche in un cartone animato.

Iniziò a battere Lucindo. La pallina si alzò in aria e, come guidata da un invisibile soffio, iniziò a ondeggiare a destra e a sinistra, poi roteò, si allungò come un serpentello e con diabolico effetto batté sul tavolo e schizzò via imprendibile.

Ciò accadde per cinque volte. Cinque a zero per il diavolo.

Batté Inclinato. Non accadde nulla. E Inclinato chiese al suo rivale:

– Perché non hai risposto?

– Ho risposto, – disse il diavolo – ma era troppo veloce e non l'hai vista.

Infatti la pallina era sul pavimento, in fondo alla sala.

Noi subito pensammo: non sappiamo chi è questo ragazzo antipatico e prepotente, però è davvero un fuoriclasse del ping-pong. Inclinato non ha scampo.

Ma il nostro eroe aveva studiato la situazione e capito il trucco. Il diavolo, prima di tirare la pallina, lo guardava negli occhi. E lui, come ipnotizzato, non vedeva più la reale traiettoria e veniva ingannato.

Da quel momento Inclinato giocò a occhi chiusi, basandosi solo sul rumore della pallina sul legno, e su alcune indicazioni destra-sinistra alto-basso che gli sussurrava all'orecchio santa Alvara.

Iniziò quindi la rimonta, la gara divenne equilibrata e lo scontro fu epico.

I giocatori colpivano, saltavano, si allungavano, rotolavano per terra, si arrampicavano sui muri mentre la pallina schizzava rapida e sonora in diagonale, sghemba, veloce, arrotata, con geometrie così impreviste che ci svitavamo il collo per seguirle.

Inclinato schiacciò e il diavolo andò a prendere la pallina in alto scalando il muro come un geco, e nel far questo gli spuntò fuori la coda.

Il diavolo schiacciò e Inclinato prese la pallina con un tuffo a destra, poi si ributtò a sinistra, poi con la racchetta tra le gambe sparò una controschiacciata che ridusse la pallina a una polpetta.

Si giunse quindi, dopo una fantastica serie di scambi e prodezze, sul diciannove a diciannove. Inclinato ansimava e sudava stille di sudore. Lucindo emanava odore di zolfanello bruciato.

– Bella partita. Siamo diciannove pari e si va al ventuno, – disse il diavolo – ma se vuoi facciamo che questo punto vale doppio. Chi lo fa vince.

Inclinato, stremato, sentiva che le forze lo abbandonavano. Perciò disse:

– Va bene, batti...

Nella sala calò un silenzio tombale. Il diavolo si leccò le

labbra e si preparò. Ed ecco il suo diabolico trucco. La pallina partì dalla racchetta, ma quando batté una prima volta sul tavolo diventò grande come una palla da calcio, poi scavalcò la retina, e quando rimbalzò una seconda volta divenne una sfera di marmo di un metro di diametro, che stava per abbattersi su Inclinato.

Tutto accadde in una frazione di secondo. Inclinato intuì il trucco del diavolo e chiese a sant'Agapito di aiutarlo. Il santo accorse in un baleno.

Nelle mani di Inclinato apparve una palettona di legno grande come un tagliere da sfoglia. Non si sa come, il nostro campione riuscì a trovare le forze, la sollevò e tirò una gran legnata sulla palla di marmo. E fece il punto sfondando il tavolo.

– Ho vinto! – gridò Inclinato.

– Dio sia lodato! – gridammo noi.

– Maledetti! – gridò il diavolo, gli spuntarono corna e coda e volò via insieme ai colleghi satanelli, tutti ronzando e petando come calabroni.

– Hai perso, ricordati la promessa – disse Inclinato.

E poi, rivolto a noi:

– Se non volete finire presi a botte ogni notte da sant'Agapito, nessuno racconti quello che ha visto.

Passarono alcuni anni. E vennero tempi assai bui. I fascisti, come qualcuno ricorda e come qualcuno finge di dimenticare, uccisero nella nostra zona quaranta persone. E i partigiani si armarono. Due tedeschi furono uccisi a fucilate, mentre facevano il bagno nel laghetto.

Un tal sergente Müller organizzò la rappresaglia. Torturò molte persone. Una gli disse che don Pinpon nascondeva i partigiani nella sagrestia della chiesa.

Perciò nottetempo Müller con un soldato fece un'ispezione. E trovò provviste e pallottole.

Don Pinpon fu trascinato fuori e i due si prepararono a fucilarlo sul posto.

Le armi erano già puntate. Inclinato guardava la scena nascosto, senza sapere cosa fare, quando si ricordò del patto col diavolo.

– Lucifero! – invocò. – Ricorda la tua promessa, fammi salvare don Pinpon.

– Con piacere – disse il diavolo apparendo dal nulla, e mise in mano a Inclinato una bomba a mano.

– Come funziona?

– Arrangiati, io ho già fatto abbastanza – rise il diavolo.

Il resto è avvolto nel mistero. Una nube acre e solforosa avvolse la scena. I due tedeschi e Inclinato saltarono in aria. Don Pinpon per lo choc non ricordò più nulla e passò un lungo periodo alla clinica Santa Alvara, felicissimo perché le infermiere erano suore. Nei rari momenti di lucidità, raccontava che quella notte il diavolo e sant'Agapito avevano fatto a cazzotti fino all'alba per l'anima di Inclinato. I colpi e le bestemmie risuonavano come tuoni. Poi si vide sant'Agapito involarsi, portando Inclinato nel cielo degli eroi.

Orbene, vennero i giorni della liberazione, e quando tornò la pace fu il momento delle lapidi e dei monumenti. Ne furono costruiti tre:

i comunisti eressero una lapide ai partigiani all'entrata del paese;

i cattolici issarono in cima al monte un gigantesco Gesù a braccia spalancate, che fu detto il Cristo Tuffatore.

Ma per il terzo monumento nella piazza del bar, centro culturale, sociale ed enologico del paese, che fare?

Dopo un lungo dibattito si convenne che bisognava dedicare il monumento all'eroico Inclinato.

La creazione dell'opera fu affidata al più insigne scultore locale, Cesarino detto Cippo, piastrellista ma soprattutto scalpellino di lapidi. Nel suo lavoro semplice e commemorativo, sapeva creare pietre tombali di squisita fattura, talvolta arricchite da fregi e ornamenti: api per l'apicoltore, lepri per il cacciatore, ferri da stiro per la sarta e così via. Sembra che nel suo magazzino ci fosse anche un bozzetto censurato, una lapide per il farmacista sormontata da un clistere di alabastro.

Era la prima volta che Cippo scolpiva qualcosa di così grande, ma nessuno dubitava che si sarebbe fatto onore.

Dopo che il comitato formato da me, Archivio, dal direttore della banca Valstretti e dalla vetusta suor Priscilla ebbe trovato un accordo, ecco che l'idea prese forma.

Il monumento fu inaugurato.

Ritraeva Inclinato, col bel volto giovane, che a braccetto con un partigiano sorrideva verso la valle e alzava al cielo il pugno in cui stringeva una bomba a mano.

Il partigiano, con lo schioppo a tracolla, guardava anche lui virile e fiducioso le valli sottostanti, verso il sole dell'avvenire.

La scritta diceva:

Al compagno Inclinato,
eroe del popolo nei giorni gloriosi della Resistenza.

Ma alle elezioni vinsero i democristiani, e subito il monumento fu modificato.

Inclinato non portava più in mano la bomba, ma una racchetta da ping-pong.

Al suo fianco, con sofferta maestria, Cippo aveva trasformato il partigiano in un prete che benediceva la valle.

E la scritta era così cambiata:

Al giovane Inclinato, fulgido esempio di coraggio,
santità e bontà nei giorni della guerra.

I comunisti protestarono. Dissero che con quella paletta Inclinato sembrava un vigile. Per di più, essendoci una certa somiglianza tra il prete della statua e don Mela, la vicinanza era ambigua e lesiva della memoria del ragazzo. Il monumento fu istoriato di scritte provocatorie.

Pochi mesi dopo, fu reso noto l'esito del processo di beatificazione. Dal Vaticano giunse un netto diniego. Non solo Inclinato era un bombarolo sospetto di simpatie comuniste, ma la commissione santificatrice non avrebbe mai fatto santo un pazzo avvolto di tante leggende. Uno psicopatico che giocava a ping-pong col diavolo, parlava coi maiali e per di più era notoriamente devoto a sant'Agapito e a Onan.

Lo scacco fu grande, e di nuovo si votò. Venne eletto un sindaco socialista e il monumento fu nuovamente ristrutturato.

Cippo, vecchio e quasi cieco, disse che non si poteva intervenire troppo, perché il marmo era rovinato e le diverse scalpellature lo avevano riempito di crepe, schegge e bozzi. Ma ci provò.

Inclinato ora portava in mano un oggetto informe che poteva rappresentare un grosso tartufo. Al suo fianco si ergeva una creatura inquietante, un troncone marmoreo su cui spiccava un viso tumefatto, come per un lifting sbagliato. Era il volto del partigiano-prete trasformato in cacciatore, con un carniere di lepri sulle spalle.

E sotto la scritta:

A Inclinato, eroe e simbolo delle specialità locali
fin dai giorni della Resistenza.

Di nuovo ci furono le elezioni, vinte da un sindaco assai destrorso, che volle rifare tutto.

Chiamò uno scultore dalla città, con una sega circolare da marmo. Dopo lungo lavoro tra polvere e stridore, il risultato fu sconcertante. Inclinato salutava a mano aperta, e al suo fianco era spuntato un gigantesco soldato tedesco che reggeva sulla testa un macigno da una tonnellata.

La scritta era diventata:

A Inclinato, ora che Germania e Italia
hanno messo una pietra sopra
alle bugie e alle retoriche della Resistenza.

Nuova elezione: fu eletto sindaco un imprenditore reduce dalle patrie galere. E naturalmente il monumento subì un nuovo rifacimento.

Inclinato, ormai irriconoscibile, reggeva in mano un pallone da calcio ed era appoggiato, anzi inglobato in un masso. In esso, come nelle rocce di Mount Rushmore, era visibile non il volto di un presidente americano ma il profilo del leader megalomane vincitore delle elezioni.

E la scritta diceva:

A Inclinato, ragazzo azzurro.

Infine, ecco l'ultimo cambiamento, con la recente elezione del centrista polivalente tripartisan Velluti. Inclinato guardava solitario verso la valle, con le mani in tasca. Il mostruoso masso era stato trasformato in una fontana, spisciolante vari getti in tutte le direzioni, nord sud est ovest e soprattutto destra e sinistra.

E la scritta:

A Inclinato, che tutti ci rappresenta
nel pacato ricordo della storia passata.

Questa era l'ultima, sofferta variante, l'aspetto del monumento appena distrutto dalla ruspa di Ciccio.

Ma non tutta la storia era cancellata. Sul basamento, rimaneva un pezzo di lapide e la scritta:

Inclinato.

E qualcuno ci scrisse:

Grazie.

E bona lè.

Storia e metamorfosi del bar

Era ormai l'imbrunire. Sulla piazza erano rimasti in pochi. Melone guardava le stelle, preparandosi a rimproverare Dio. Si piazzò a braccia conserte, scosse il capoccione e disse guardando il cielo:
– È inutile che fai finta di niente, sono qui.

Si alzò un vento freddo. Merlot ululava alla luna. Trincone beveva il vino preferito sulla sdraio preferita. Culobia studiava un giornale di corse di cavalli. Archivio si era addormentato sulla sedia a rotelle e russava come un tapiro. Gina Saltasù corteggiava Ispido senza successo, non essendoci riparazioni circostanti da fare.

Il Nonno Stregone ascoltava i grilli. Alice gli si avvicinò.
– Cantano bene, vero? – disse.
– Sì, – sospirò il nonno – ma stasera manca il mio preferito. Si chiama Grillo Tartino. È davvero speciale, è come se suonasse uno stradivario.
– Veramente, – disse Alice con serietà – i grilli non hanno un violino, ma un apposito organo stridulante nelle elitre.
– Non essere troppo scientifica. Ti dico che Tartino è un violinista insigne. È l'unico a saper suonare il bicordo tremulo. La sua composizione più nota è *Il trillo del merlo*. Una

notte sognò un diabolico merlo nero che fischiava una melodia e lo voleva mangiare, e al mattino compose il brano.

– Ma dai! – rise Alice.

– E ho conosciuto altri leggendari grilli canterini: ad esempio Acheta Pinhead, grillo del focolare, che ispirò a Disney il grillo di *Pinocchio*. O Nicolò Saltamartini, grande amatore di grille, che non concedeva mai il bis.

– Perché era timido?

– No, era prudente. Se fai il bis, gli uccelli ti individuano e ti mangiano.

– Mi sa che tu racconti un sacco di balle, come quelle storie sui pellerossa, – disse Alice – ma le tue bugie mi piacciono. E poi è vero, Nonno Stregone, hai un udito straordinario.

– E ho anche un grande olfatto. Hai mangiato da poco una fragola di bosco.

– Esatto.

– E vedo e noto tutto. La fragola te l'ha regalata Piombino, ha ancora le dita rosse di sugo...

– Esatto – disse Alice arrossendo.

– Ah, l'amore, l'amore – sospirò il Nonno Stregone.

– Nonno Stregone, ma come hai fatto a diventare così? – chiese Alice.

– Niente poteri da supereroe. Basta andare a prendere acqua dal pozzo ogni notte – tagliò corto il nonno. – Ma questa è una storia che ti racconterò un'altra volta. Adesso vai dai tuoi coetanei.

Sul muretto i ragazzi fumavano marijuana autoctona, consumavano birrette e suonavano la chitarra. Bum Bum cantava:

> *Noi siamo il pane e l'acqua*
> *Di questo marcio banchetto.*

Belinda agitò le lunghe ciglia con turbamento di Giango e chiese:

– Certo, il monumento ha una grande storia, ma il bar? Perché è così importante per quei vecchioni?

– Perché è importante un libro? – disse Alice.

– Perché è importante una quercia? – disse Piombino.

– Perché ascoltiamo ancora gli assolo di Keith Drakulka dei Jesus Christ Vampires' Hunters, o l'assolo di *Voodoo Chile* di Jimi Hendrix suonato su una Fender di palissandro del 1789? – disse Bum Bum Fattanza.

– Sicuro che era del 1789?

– Cazzo, più o meno – disse Bum Bum.

– Anche *Maledetta primavera* però non è invecchiata – disse Kathy Aspirina.

– Però, come dice Bob Dylan, – disse Nerofumo – i tempi they are a-changin'.

– Cos'è il tempo, e come cambia le cose? – chiese Belinda con un pensoso sbadiglio.

– Aoai, oo – disse Merlot.

– Raccontaci, nonno – tradusse Piombino.

Il Nonno Stregone lasciò i grilli e si sedette in mezzo a loro. L'odore del suo toscano si mescolò ai fumi esotici. Merlot annusò estasiato.

– Volete sapere come è cambiato questo posto? Ebbene, cominciamo a chiarire le cose, ragazzi: il Bar Sport non è solo luogo di chiacchiere superficiali, come vuole uno stereotipo, né uno spazio qualsiasi per consumare cicchetti e spuntini. È ritrovo di allegria e condivisione, teatro di narrazioni e ironia. Credo che i bar della mia giovinezza siano quasi estinti, come le balene e le macchine da scrivere. Ne sopravvivono alcuni nelle periferie delle città e nei paesi. Solo i sociobarologi sanno dove trovarli, e conservano gelosamente il segreto. Ma l'ecosistema del bar è cambiato, e vi faccio qualche esempio.

Il nome

Una volta, sull'insegna del bar c'era scritto "bar" e basta. Al massimo si poteva aggiungere il nome del proprietario, Bar Gino, o dello sponsor, Bar Moka, o della fede calcistica, Bar Rossoblù, o un appunto logistico, Bar Mercato. Una preposizione come "da" o "al" era già uno spreco di neon, e un inquietante segno di mollezza grammaticale: Bar da Gino, Bar al Porto, Bar dello Sport.

Adesso, per essere preso in considerazione, un bar deve avere un'insegna che contenga definizioni plurime e poliglotte.

Ossia: Caffetteria panineria wine-bar enoteca degustazione snack internet point.

Oppure: Lounge bar pasticceria pub bistrot long drink happy hour.

Potete quindi dire: mio marito va tutte le sere al lounge, torna a casa pieno di drink, mi vomita gli snack sulla moquette, si addormenta no sex e io trombo col boy del pizza takeaway.

Paste

Chiunque può notare l'anemia saccarifera che ha dimezzato e miniaturizzato il peso di paste e brioche. Paste come la Luisona non esistono quasi più, o vengono vendute come panettoni. Una volta, per portare a casa dodici paste serviva un ben sagomato vassoio di cartone da agganciare al mignolo. Adesso, dodici bignè stanno sopra un biglietto da visita.

Rumori

Il rumore del Bar Sport era una inconfondibile risacca umana, un sobbollire di stomaci e trippe, un tinnire di bicchieri e tazzine. Vi si distinguevano rutti possenti, scatarrate con o senza fuoriuscita e bestemmie non ancora moviolate dalla televisione. C'era lo sbattere ritmato delle carte da gioco sul tavolo, il frastuono dei flipper, il rullare del calcetto, il cozzare delle palle da biliardo, il sibilo della macchina espresso.

Ora tutto il rumore viene da un grande schermo televisivo al centro, che spara videoclip, telegiornali e rissosi dibattiti a tutto volume. Quindi se due nel bar vogliono litigare, devono farlo sottovoce, o scambiandosi bigliettini.

Calcio e conversazione

Un grande richiamo del Bar Sport era il tabellone del totocalcio, su cui il barista-mosaicista intarsiava le letterine di plastica coi risultati del campionato. Sotto questa lapide del destino si sostava in febbrile consultazione, controllando le schedine. Dato che le letterine di plastica si staccavano e si perdevano facilmente, i risultati erano in una lingua criptica e monca.

Ad esempio: Jueus-Itr 1-0, oppure Mln-Fiorna 1-1.

Bisognava decifrare o chiedere spiegazioni. Adesso tutti entrano al bar conoscendo risultati e classifiche, e hanno già i gol registrati nel telefonino. È aumentata (in quantità ma non in qualità) anche la competenza. A un esperto degli anni sessanta bastava sapere a memoria le formazioni di serie A. Nel duemila, un tecnico di media competenza deve conoscere nome e misure delle fidanzate dei calciatori famosi, e le formazioni di Mali ed Estonia. Ora come allora, non sa dove sono né il Mali né l'Estonia.

Fuori e dentro

Una volta fuori dal bar si stava seduti al tavolo e, se pioveva, appoggiati al muro con l'ombrello. Adesso ci sono i gazebi, enorme serre di vetro dentro le quali in estate si fa la sauna e in inverno ci si arrostisce al calore rovente di stufe-fungo. Dai vetri del gazebo si possono vedere, a pochi centimetri, i volti terrei degli automobilisti bloccati nell'ingorgo. I funghi vi rosolano metà corpo, e nessuno si degna di girarvi, come si fa con gli arrosti. Spesso un camionista entra nel gazebo, a volte per bere, a volte perché gli si sono rotti i freni.

L'acqua

Nel vecchio Bar Sport, se qualcuno chiedeva un bicchiere di acqua di rubinetto il barista gli intimava: – Mi faccia prima vedere la pastiglia da ingoiare.

Perché in quel bar si serviva solo vino, a meno che non ci fossero gravi ragioni mediche. Anche il sangue al naso dei ragazzini veniva pulito col sangiovese.

Questi sono esempi scherzosi. Il resto ve lo spiegherò con un altro racconto. È accaduto circa sessant'anni fa, ma sembrano secoli. E per una volta, è tutto vero.

Storia di Grandocca

Tanti anni fa c'era un bosco selvaggio e bello, detto il bosco dei Bolieti. I funghi erano così contenti di vivere in quel luogo che cantavano allegramente, ed erano appunto detti Bolieti, boleti lieti. In questo verde paradiso viveva un taglialegna soprannominato Grandocca. Grandocca, o granduca, è il nome in dialetto del gufo reale. E quell'uomo ci assomigliava proprio. Grosso e gozzuto, con occhiacci gialli da matto, e due ciuffi di capelli ritti sulla testa. Inoltre, indossava sempre una palandrana cinerina proprio come le piume del gufo.

Viveva in una baracca tra gli alberi, ed era nato lì, in quel luogo solitario. Era l'unico rimasto di una famiglia con una brutta storia di incesti e violenze.

Ma lui non era violento, era buono e mite, anche se aveva due mani che sembravano badili.

Tagliava la legna, sapendo bene quali alberi erano da abbattere e quali da potare, raccoglieva la legna secca, e faceva fornasotti, fascine da forno e da piede, e stirpa e pigne, poi caricava tutto su un carretto. Un mulo avrebbe faticato a tirar quel peso giù dall'erta e spingerlo lungo la strada, ma lui ci riusciva, e arrivava fino in paese.

Barattava legna in cambio di vino, pasta, olio, fiammiferi e candele. Non sapeva proprio cosa fossero i soldi. Era analfabeta e quasi non parlava, ma salutava con un sorriso sdentato e gli piaceva stringere la mano a tutti. Con quelle palanche enormi, ogni volta ti faceva crocchiare gli ossicini, ma si diceva che quella stretta portasse fortuna, era come dare la mano al bosco. Quindi soffrivamo, ma correvamo a farci stritolare.

Ovviamente in paese c'era anche chi parlava male del gufo boscaiolo. Qualcuno diceva che era un tipo pericoloso. Guai, bambini, a passare vicino alla baracca di Grandocca! Si narrava che mangiasse bisce e si accoppiasse con gli animali. Ma guarda caso le voci peggiori venivano da Rolando, il grossista di legna.

Ora può sembrarvi strano, o miei illuminati ragazzi, ma soltanto sessant'anni fa qui non avevamo elettricità.

Quando arrivò fu un grande avvenimento. Il paese una sera si illuminò di cento lampadine, e si fece festa. Il buio della piazza fu sconfitto dai lampioni, gli insetti impazzirono. Le lampade a petrolio diventarono oggetti d'arredo, e le candele invecchiarono nei cassetti.

Ma tutto intorno restava il gran buio dei boschi e il nostro paese era una manciata di stelline in un mare nero.

Il progresso però avanzò, sotto forma di una processione di giganti, i tralicci che salivano e scendevano per la montagna.

Avvenne che Girino Manidoro, papà di Ispido, fosse uno di quelli che lavoravano all'ampliamento della rete elettrica.

Un giorno stava montando i fili arrampicato su un traliccio in mezzo al bosco, quando vide dall'alto la baracca di Grandocca. Era una stamberga non segnata sulle mappe catastali, e neanche sulle carte del Grande Ente Elettrico. Girino pensò che non era giusto che tutti avessero la luce e Grandocca niente. Così tirò una prolunga in mezzo al bosco e portò un filo fino alla baracca.

Quando Grandocca tornò, Girino gli disse: – Ti ho portato la luce.

– E dov'è?

Girino gli mostrò una lampadina sul soffitto della baracca e un rudimentale interruttore. Gli insegnò come usarlo e la luce fu.

Grandocca spalancò gli occhi e prese la lampadina in mano.

– Attento, – disse Girino – brucia!

Ma Grandocca aveva mani così callose che prima di dire "ahi" la tenne mezzo minuto.

Girino tornò in paese e pensò che forse non aveva fatto bene a portare la modernità a Grandocca. Aveva letto un racconto dove un uomo non voleva la luce elettrica, per non vedere la miseria della casa dove abitava.

Invece Grandocca gradì moltissimo la novità, la luce gli piaceva. La accendeva ogni notte e si divertiva a vedere le farfalle e gli insetti che ballavano tutto intorno.

Anche se ci vedeva al buio, qualche volta portava filo e lampadina con sé, a guardare nelle tane e a sorprendere i suoi colleghi gufi e barbagianni.

Ma non fu questo che cambiò la vita solitaria di Grandocca.

Due giorni dopo Girino tornò per prendere della legna e in cambio portò una scatolina misteriosa. La scatolina aveva una coda sottile. Lui la collegò, la scatolina si illuminò e venne fuori una voce.

Era una radio.

Grandocca restò a bocca aperta. Poi si mise a girare intorno alla scatolina e a esaminarla come per scoprire chi c'era dentro. A un certo punto prese un falcetto e stava per tagliarla in due, quando la voce cessò e iniziò una musica.

Allora Grandocca si mise seduto per l'emozione. Il gozzo gli tremava e gli occhi erano lustri. Era qualcosa che non aveva mai sentito, più bello del vento tra gli alberi del bosco.

Era una voce di donna che cantava un'aria d'opera.

– Ti piace? – disse Girino.

– Zitto, non disturbarla – sussurrò Grandocca.

Da allora, chiunque passasse vicino al bosco dei Bolieti sentiva nella notte un filo di musica lontana. Era la radiolina di Grandocca. Tutta la notte la teneva accesa.

E nella testa arrivavano sogni e paesaggi che non aveva mai visto prima. E dava un volto alle voci delle donne e degli uomini che cantavano. Tutta quella musica meravigliosa solo per lui, che lui solo al mondo poteva sentire. Era il primo regalo che avesse mai ricevuto nella vita, e si sentiva così felice che alle volte non dormiva, e lasciava la radio accesa anche di giorno quando lavorava, e tra un'accettata e l'altra ascoltava la voce e diceva:

– Canta, che adesso torno.

Venne l'inverno. Il bosco si coprì di neve. Grandocca arrivava sempre in paese due volte alla settimana, col suo carretto. Ma adesso non era più silenzioso. Cantava. Stonato e sgraziato, ma intonava le arie che aveva ascoltato.

Casta diva
Casta diva che inargenti.

Non sapeva cosa voleva dire, ma cantava a voce spiegata. Qualcuno disse che era diventato un gufognòlo: un gufo-usignolo.

All'inizio dell'inverno però ci diedero la notizia che il bosco era stato venduto. Subito il padrone mandò i tecnici a controllare quanti alberi da legna c'erano, quanti se ne potevano abbattere, se si poteva costruire e soprattutto se poteva passarci una strada. E i tecnici scoprirono che da un traliccio partiva un lungo filo che non era previsto, lo seguirono e videro che arrivava fino a una brutta baracca.

Tagliarono il filo e segnalarono che bisognava abbattere la baracca.

Così, quando Grandocca tornò la luce non funzionava e la radio era muta. Allora accese un fuoco e ce la mise vicino per scaldarla. Magari con questa neve ha preso freddo, pensò. Poi la aprì e vide tutte quelle valvoline, le pulì e le lucidò una per una. Cantò, come per insegnarle di nuovo. Ma la radiolina era morta. E lui sentì, per la prima volta, il silenzio del bosco, e il buio e la solitudine.

Scese in paese e pregò Girino di andare da lui, che aveva bisogno, perché la radio stava male. Girino andò, vide che il filo non c'era più, e dovette spiegargli che non c'era niente da fare.

– Vedi, Grandocca, – disse Girino – la tua amica radio funzionava, era viva perché prendeva energia dal traliccio, da quel gran palo di pino che era stato piantato.

– Mangia quella roba lì? – chiese Grandocca. – Fa come fanno gli alberi con l'acqua?

– Esatto, – disse Girino – la radiolina consuma l'elettricità, si nutre con quell'energia. E io non posso portartela, bisogna pagarla. Hai capito?

– Non posso dare qualcosa in cambio? – chiese Grandocca.

– No, – sospirò Girino – ma adesso in paese tutti hanno l'elettricità. Quindi, se vieni ad abitare da noi puoi ascoltare la tua radiolina finché vuoi. Magari trovi un lavoro, chissà...

Ma neanche Girino era convinto di quel che diceva.

E Grandocca si teneva la testa tra le mani.

Era poco prima di Natale quando arrivò al sindaco l'ingiunzione di buttare giù la baracca di Grandocca, e di mandarlo via. Il suo lavoro di taglialegna era abusivo e il proprietario del terreno non voleva nessuno del bosco.

Il sindaco cercò di opporsi: – Dove lo mettiamo quel vecchio gufo? – Il proprietario però non intese ragioni, e la legge era dalla sua parte.

Bisognava mandar via Grandocca dal suo bosco.

Girino e Gandolino senior dissero: – Andiamo noi, non mandate i poliziotti, quello è capace di prenderli ad accettate. È buono, ma quando a un animale gli togli la tana...

Camminarono a lungo nella neve fino alla baracca.

La baracca era vuota.

Cercarono Grandocca dappertutto, poi videro delle orme nella neve e le seguirono.

Il taglialegna era morto ai piedi del traliccio, congelato. Sul corpo aveva le bruciature dell'alta tensione.

Vicino a lui, la radiolina.

Aveva provato a salire in cima a quello strano albero.

Perché doveva pur darle da mangiare.

La gara di racconti

Era tardi e faceva un po' freddo.

Il Nonno Stregone se ne andò via con alcolico ondeggiamento, seguito dallo sguardo interrogativo di tutti.

– Avete capito cosa voleva dire il vecchio? Io no – disse Kathy Aspirina.

– Io credo – disse Alice – che volesse farci capire che in pochi anni il mondo è cambiato più in fretta che in tutti i secoli precedenti. E lui ha vissuto questi grandi, rapidissimi cambiamenti. Noi invece ne vediamo solo un pezzo.

– Noi non vediamo cambiare più niente, – disse Belinda – tutt'al più passiamo da un canale all'altro col telecomando.

– Nonno Stregone è uno dei più vispi del paese, – sospirò Nerofumo – ma guarda com'è ridotto.

– L'alcol è una gran brutta cosa – disse Belinda scolando la quarta birretta.

– Che tristezza, ragazzi – disse Giango, con voce un po' strascicata. – Questi vecchi sono proprio rincoglioniti. Non fanno altro che sbronzarsi e raccontare. Guardateli lì, i nostri parenti e genitori, inchiodati a ricordare il passato.

– Ma un giorno saremo vecchi anche noi – disse Kathy Aspirina.

– Sì, – disse Alice – solo gli animali sembrano sempre giovani.

– Non è vero, – disse Zito Zeppa scuotendo la testa – guarda bene: Merlot ha il muso bianco. Set Setter trascina le zampe di dietro. E quella palla di lardo che dorme sulla sedia è Saetta, quello che prendeva i piccioni al volo...

– Solo l'amore non invecchia – disse Piombino con un filo di voce.

Passò uno stormo di uccelli e da qualche casolare lontano i cani cominciarono a ululare.

Alice e Piombino si guardavano negli occhi e Giango capì che qualcosa di meraviglioso succedeva e lui ne era escluso. Perciò si allontanò e si mise a tirare sassi giù dal belvedere.

Ma Alice gridò:

– Vieni qui, dai, scemo. Non fare l'offeso.

Giango tornò col muso torvo. Piombino proseguì:

– Comunque anche noi diventeremo vecchi. Solo gli gnomi possono evitarlo. Decidono loro quando e quanto invecchiare. Un giorno si alzano e dicono: bene, da oggi avrò settant'anni, oppure cento.

– E possono anche andare all'indietro?

– A cosa servirebbe? – disse Alice.

– Io avrei un'idea – disse Giango. – Torno agli anni sessanta, prendo il treno per Liverpool, vado da Paul McCartney e gli dico: dai, con quel fesso occhialuto di John Lennon non farai mai strada, fai le canzoni con me.

– Bello – disse Alice. – Paul, Ringo, George e Giango.

– *Yesterday*, di Giango-McCartney – sghignazzò il ragazzo.

– Scemo, – disse Piombino – io parlo seriamente e tu dici cazzate.

– Sei geloso perché ho fatto ridere Alice, eh? – disse Giango ballandogli intorno. – Ma io non morirò qui, in questo paese di mummie.

– Allora vattene, invece di lamentarti.

Giango gli puntò contro un dito e la banana di capelli cementati.

– Sei un poveraccio figlio di un suicida e con uno zio alcolizzato, lavori nel letamaio e ti strafai di stramonio e funghi allucinogeni, altro che gnomi.

– E tu sei un meschino ignorante, rubi i soldi della cassa del bar e suoni la chitarra peggio di un rospo, altro che rock-star.

E i due si fronteggiarono, in posizione di inizio round. La campana della chiesa suonò.

– Basta! – disse Alice. – Smettetela.

– Zitta, Alice – disse Piombino. – Sei un cinico del cazzo, Giango.

– Sei uno sfigato sognatore – rispose l'altro. – Morirai qui, in questo maledetto posto dove niente cambia da anni...

– Chi racconta la storia migliore e più nuova e contemporanea, lo baciamo – dissero le Aspirine.

– Comincio io – disse Piombino.

Tore scopre il web

Mio padre mi raccontò una volta la storia del pastore Tore. Viveva su quel cucuzzolo lassù, Cima Artiglio, il posto più impervio di queste montagne. Nessuno abitava più quei luoghi. Fino a qualche anno fa, i soli pastori rimasti erano montenegrini e albanesi, ma uno alla volta se n'erano andati a lavorare a valle, a cercare fortuna nelle fabbriche e nei talk show.

Solo Tore teneva duro. Aveva un vecchio ovile e trenta pecore che conosceva per nome, una per una. Si chiamavano unapè, duepè, trepè, fino a diciassettepè. Poi la diciottesima si chiamava Aretha, perché era nera. E poi così via fino a trentapè. Il caprone si chiamava Cornodoro e il cane Yo-Yo, perché nessuno precipitava nei dirupi e risaliva come lui.

Erano tutte pecore gagliarde, di razza speciale. Sapevano trovare cibo dove nessun'altra creatura sarebbe sopravvissuta. Rodevano licheni, raschiavano muschio, masticavano cardi spinosi e ortiche incendiarie, e in mancanza d'altro sgranocchiavano un torroncino di granito e arenaria. Saltavano di roccia in roccia, perciò venivano chiamate pecapre. La loro lana era assai calda, e il loro latte pregiato e nutriente.

Ma soprattutto, con quel latte si faceva il famoso formaggio Belzebrie, in assoluto il più puzzolente del cosmo. Veniva stagionato sotto terra, in un cunicolo profondo cento metri, e poi ricoperto di quintali di merda di pecapra. Qui fermentava per mesi con borborigmi, ribollii, getti di gas maleodorante e geyser di caglio, una vera attività vulcanica. Fin quando, diceva la leggenda, in una notte di plenilunio, il diavolo in persona usciva dalla caverna con le forme di Belzebrie in mano e le lanciava fuori gridando:

– Mi volete ammorbare l'inferno?

Leggende a parte, quando il vento soffiava quel particolare e inquietante formaggio riempiva il cielo delle sue esalazioni, faceva svenire le aquile in volo e schiantava gli stambecchi sulle balze.

Ma due volte all'anno un camion blindato, guidato da due uomini con maschere antigas, veniva a ritirare le forme e le portava via.

Chi dice verso il più grande ristorante di Parigi, chi verso una fabbrica di armi chimiche.

Questa era la selvaggia Cima Artiglio. E qui, una notte, al pastore Tore venne voglia di suonare alla luna. Estrasse un rozzo flauto in platino e intonò una semplice canzone popolare: *Density 21,5* di Edgard Varèse.

Appena terminato il pezzo, si sentì improvvisamente triste e si mise a piangere.

– Beh? – dissero le pecapre tutte insieme.

– Non potete capire, – disse Tore – mi sento solo, molto solo.

– Beeh? – disse Cornodoro, che da solo, con trenta amanti pecapre, stava benissimo.

– Voi vi tenete compagnia tra ovini. Ma io chi ho? Quale donna salirebbe fin quassù? E anche se venisse, come potrebbe interessarsi a me? Puzzo di formaggio da far schifo. A forza di stare con voi, sembro una pecapra anch'io.

– Beeh... – ammisero le pecapre.

La sera stessa il gregge si riunì. Dissero: – Il padrone soffre, se continua così morirà di dolore e noi resteremo sole. Nessuno ci toserà o si occuperà di noi. Anzi, verremo macellate. Bisogna fare qualcosa.

131

– Io ho un'idea – disse il caprone. – Quando ero un giovane capretto e vivevo in paese, ho sentito parlare di una cosa magica che si chiama Internet, con cui nessuno è più solo.

– Ma dove si trova? Certo non qui.

– So io come fare – disse Aretha. – Chiamate Yo-Yo.

Proprio nel punto più alto di Cima Artiglio c'era una gigantesca antenna parabolica che radioriceveva e radiotrasmetteva in tutto il mondo. A guardia c'erano soldati e cani. Ebbene, tra Yo-Yo e uno di questi cani, la bellissima rottweiler Loreley, c'era una storia d'amore.

Loreley non poteva dire di no al suo amichetto. Non si sa come fecero, se usarono il telefono o una catena di ululati, ma una settimana dopo un gruppo di tecnici, guidato da uno sherpa, raggiunse Cima Artiglio e chiese a Tore:

– È lei che ha chiesto Websette, la linea internet delle impervie vette?

– Io veramente no.

– Allora se vuole gliela montiamo per cento euro, se invece rifiuta deve mandare un fax con raccomandata assicurata a questo indirizzo in cirillico e pagare milleduecento euro di penale.

– Beh... – disse Tore.

E dopo poche ore aveva un computer con collegamento web wireless sheepskype con tutto il mondo. E un manuale di istruzioni.

Per pagare tutta quella roba, il suo gregge era sceso a dodici pecapre. Ma pazienza.

Avrebbe imparato, Tore il pastore, a usare quel mezzo tecnologico? La sua atavica diffidenza verso ogni novità avrebbe superato il gap?

Dopo dieci giorni, Tore aveva già visitato tutti i siti porno del pianeta, compresi www.pecoranuda.com e www.tosamitutta.org, giocava ai videogame, guardava le partite di calcio del campionato curdo, i telegiornali giapponesi, e non usciva più dall'ovile.

Ma non gli bastava. Voleva usare quello splendido mezzo per uscire dalla solitudine, e così scoprì la chat Lovemebook. Con Lovemebook si poteva cercare l'anima gemella in ogni parte del mondo. Bastava iscriversi e mettere un annuncio con pseudonimo. Tore ci pensò a lungo poi scrisse:

Sono un giovane allevatore e ho una fattoria. Gradirei corrispondere con una ragazza che abbia le mie stesse passioni: la natura, gli animali, i latticini e la vita all'aria aperta.
Firmato cornodoro@webmountain.ca

Aspettò un giorno, due, tre che qualcuno rispondesse. Già stava per rinunciare e buttare il computer nel burrone, insieme agli ultimi sogni, quando vide apparire sullo schermo la scritta

C'è un messaggio per te.

Aprì. Ed ecco la prima, fatale mail.

Ginevra ha scritto:
Caro Cornodoro. Il mio pseudonimo è Ginevra. Ho ventisei anni, vivo nella campagna provenzale e sono di famiglia nobile, ma sono una ragazza semplice. Non amo la città e la sua confusione. Mi piace camminare lunghe ore nel parco e cavalcare, poi sedermi sulla riva del lago a guardare le ninfee e leggere i miei scrittori preferiti. Dipingo, ricamo e faccio il limoncello. Ho anche adottato a distanza due bambini del Ruanda. Adoro il latte macchiato. Parlami di te e della tua vita, sono curiosa e discreta.

Tore pensò di non rispondere. Come poteva una nobile francese perdere tempo con un povero pastorello? E quelle parole strane: ninfee, limoncello, ruanda...

Ma sul web c'era tutto, bastava consultare Wikipedia, e due giorni dopo lui rispose:

Cornodoro ha scritto:
Cara Ginevra. Chi sarò per te, Artù o Lancillotto? Ho trenta-due anni e ho un allevamento di cavalli da alta quota. Sono undici meravigliosi purosangue bianchi e uno nero. Li mungo ogni sera. Qui non ci sono laghi, ma mi siedo sulla riva del baratro e guardo giù nell'abisso della mia solitudine. Se ami le ninfee, immagino che il tuo scrittore preferito sia Monet. Io non faccio il limoncello, ma il Belzebrie, un whisky invecchiato dal sapore assai forte. Anch'io volevo adottare due bambini del Ruanda, ce n'è un sacco dalle nostre parti, ma alla fine ho deciso di adottare un cane. Si chiama Yo-Yo ed è un pecapron retriever. Distinti saluti.

E giunse la risposta.

Ginevra ha scritto:
O mio nuovo amico di chat.
Sei simpatico e pieno di humour. Mi piace come fingi di ignorare che Monet non era uno scrittore e la battuta sulla mungitura dei cavalli è un po' audace ma mi ha fatto ridere.
Se ti senti solo, anch'io lo sono. I miei genitori sono sempre in crociera o al golf e ai parties, e io non li vedo mai. Ieri il mio cavallo Philip Hannover è scivolato su una pietra e temevo che si fosse rotto una zampa. Ma per fortuna sta guarendo in fretta. Oh, se gli succedesse qualcosa ne morirei. La vita è così volgare, così plebea. Ed è così difficile trovare un'anima nobile che ti ascolti. Scrivimi presto, o mio sconosciuto amico, descriviti, dimmi tutto di te. Ti mando una foto di Philip e ti manderei anche una bottiglia di limoncello, magari si abbina bene col Belzebrie. Ma nelle regole della chat c'è quella di non scambiarsi gli indirizzi, au revoir.

Cornodoro ha scritto:
Cara Ginevra, mi piace che apprezzi il mio humus. Vedrai, spesso fingerò di commettere strafalcioni per scherzarci su. So benissimo che Monet era un pittore e che ha dipinto le ninfee e i papaveri, e anche un quadro che si chiama digiunare sull'erba. Il mio pseudonimo deriva dal fatto che ho i capelli folti e biondi, quindi da piccolo mi chiamavano Corno d'oro. I miei purosangue si chiamano One Hannover, Two Hannover e così via. Penso che verso la fine del mese li manderò a Epsom. Ieri Aretha Hannover è caduta giù dal burrone cercando di mangiarsi una stella alpina. Non si è fatta quasi niente. Oh sì, la vita è così volgare, sinonimo di plebea. Anche qui abbiamo molti partis, a volte persino gemellari, li organizza il mio amico De Capronis. Ti mando una foto della mia casa e ti manderei anche il Belzebrie, ma l'ultima volta che ho provato a spedirlo l'ufficio postale ha dovuto essere disinfestato. Ha un odore molto maschio.
Anch'io so che non possiamo spedirci l'indirizzo au revoir. Ma ti penso, dunque sono.
Il tuo biondo amico delle bianche vette.

Ginevra ha scritto:
O mio biondo amico delle bianche vette. Che bella casa hai. Assomiglia tantissimo a una casa provenzale che ho visto nell'ultimo numero di "Maisons et Jardins". Direi proprio che è lo stesso architetto. Attendo ogni tua mail con impazienza. Non posso negare che il tuo brio, i tuoi deliziosi calembours e la tua vivacità mi stanno scaldando il cuore. Oh, non ritenermi troppo audace. Mi piace sognare che io e te andiamo insieme a Epsom a vedere i tuoi cavalli in gara. A proposito, quelle gare sono molto esclusive. Devono essere veramente dei campioni! Mi dispiace per Aretha Hannover. Baciala sul garrese.
So che non dovrei, ma ti mando una mia foto. È da lontano, mentre cavalco.
Ora vado, devo fare la mia settimanale lezione di yoga. Ma nei

*miei sogni ci sarà sempre un posto per il mio biondo cavaliere
misterioso.
Ciao, Ginevra*

*Cornodoro ha scritto:
Come sei bella, anche da lontano. E che bel panorama, mi sembra di conoscerlo da sempre. Ho stampato la tua foto e l'ho appesa nella stanza da letto vicino ai poster di Monet e Valentino
Rossi. È vero, amo i calembours. Specie quelli ripieni di ricotta, ma sai, noi cavallerizzi dobbiamo mantenere la linea. A
Epsom mi hanno rifiutato l'iscrizione dei cavalli. Dicono che il
problema è sellarli, sono molto selvaggi, un po' come me.
Ho baciato Aretha sul garrese, o almeno credo. Mi ha dato un
calcio. Anche lei è selvaggia. Così come selvaggio è il mio amore, sì, te lo devo dire, non posso più trattenermi. Ti mando una
foto fatta con lo scanner. È la mia mano destra. Immagina
che carezzi i tuoi capelli.
Ora vado, devo fare la mia doccia mensile. Ma nei miei sogni ci
sarà sempre posto per la bionda cavallerizza con lo sfondo. Baci.*

La risposta inattesa.

*Ginestra la bella romagnola ha scritto:
Caro Cornodoro, bel caprone deficiente. Hai sbagliato l'indirizzo e hai mandato la tua ridicola mail a me. Ma a chi cazzo
scrivi? Io non sono bella da lontano, vieni qua e vedrai che cavalcata, altro che carezze. Ho la quinta di reggiseno e faccio tutto, ma niente calembours, non mi fido delle porcate di voi nobili. E guai a te se me lo metti nel garrese. Sarai anche selvaggio ma mi sembri un'oca morta. Se però vuoi una bella cavallerizza con lo sfondo, vieni pure a sfondarmi, il mio indirizzo è
via Rubicone 134 Bagnacavallo, suonare Mimma, con cento euro te la cavi e la smetti di farti le pippe in francese.
Questa è una panoramica del mio culo, fatta sedendomi sulla
fotocopiatrice. Fai un po' te.
Addio, bel pataccone.*

Cornodoro ha scritto:
O Ginevra, Ginevra. Ho sbagliato indirizzo e mi ha risposto una donna assai volgare. Da tre giorni non ho notizie di te. E soffro. Come nasconderlo, io ti amo. E nella prossima mail, voglio dirti tutta la verità. Ciò che veramente sono. Dove veramente vivo. Dopo, forse, non mi vorrai più. Ma meglio una amorosa verità che una finzione senza amore. Ti giuro che questa non l'ho trovata su Wikipedia.
Un bacio alpestre.

Ginevra ha scritto:
O Cornodoro, Cornodoro mio. Anch'io non avevo più notizie di te, e nella mancanza ho visto chiaro nei miei sentimenti. Per tre giorni ho bagnato di lacrime il cuscino. Sì, è vero, buttiamo la maschera. Nemmeno io sono come mi ero descritta.
Aspetto la tua verità, poi ti manderò la mia.
Un bacio sui tuoi capelli d'oro.

Cornodoro ha scritto:
Ginevra adorata. Ricco non sono ma un cuor ti dono.
Sono un pastore e vivo sul Monte Artiglio, non ho cavalli ma pecore, anzi pecapre. Non so chi era Monet, né Aurevoir. Il mio nome è Tore e sono brutto e peloso: e nemmeno biondo, ma nero come lana di pecora nera. Puzzo di formaggio da far schifo. E ora dimmi che non mi vuoi più. Mi ucciderò col tuo nome sulle labbra. Perché te lo ripeto, mi sembra di conoscerti da sempre.
Adieu, mon impossible love.

Ginevra ha scritto:
Caro Tore, certo che ci conosciamo da sempre. Sei il solito ignorante, ma meriti tanto amore. E ti voglio bene anche se sei brutto, e scuro e riccio, e puzzi di formaggio. Anzi, per me un vero uomo dev'essere così.

È strano questo incontro sulla chat, io la frequento da anni ma non sapevo che lo facevi anche tu. Finalmente ti sei ricordato di me. Dai, scrivimi ancora. Ma soprattutto vienimi a trovare. Tuo fratello Gino (in arte Ginevra), che fa sempre l'operaio a Marsiglia e la notte canta truccato da Liza Minnelli al Blue Bar. Au revoir mon semblable, mon frère.

Il racconto di Giango

Giango accese una sigaretta e disse soffiando un anello di fumo:

– È una bella storia, ma si può fare di meglio.

– Allora prova – dissero i ragazzi, i grilli e le stelle.

– D'accordo. Dunque. C'era un posto dove non arrivava mai nessuno di nuovo. Finché un mattino di pioggia arrivò...

La dolce insidia

Era un mattino di pioggia. Le grondaie grondavano. Le pozzanghere prosperavano. Il bosco crepitava di gocce. Le ruspe non avevano ripreso a lavorare.

Nel silenzio il nonno sentì un rumore di auto. Ma non il solito arrancare di pistoni. Questo era un motore coi fiocchi.

Una lussuosa auto con i vetri fumé percorreva la strada provinciale. Fendeva le crepe e i rigagnoli del vecchio asfalto sollevando spruzzi di acqua fangosa. Arrivata al cartello che indicava *Montelfo* si arrampicò come una serpe per i tornanti e poi percorse il viale alberato che portava alla piazzola del bar.

Si fermò con un molleggiato sospiro. La pioggia continuava a cadere. Al bar c'erano Giango, Trincone l'oste, e Archivio addormentato dalla notte prima, troppo stanco per andare a casa. E naturalmente il Nonno Stregone.

Un uomo dal vestito blu scese e aprì la portiera, reggendo un ombrello.

E uscì Lei.

Una donna bionda, con occhiali neri e una bocca rossa ardente. Un vestito di velours violaciocca la avvolgeva.

Secondo Giango, la fasciava come una tuta di cuoio da rock.
Secondo il nonno, come la Hayworth in *Gilda*.
Secondo Trincone, come il cellofan di un salamino.

La donna discese e avanzò ancheggiando. I suoi tacchi superarono la prova del pavé. Sapeva camminarti sul cuore, la piccola.

– Ahi, ahi – disse il nonno.
– Wow – disse Giango.
– Santo Dio imbottigliato! – disse Trincone.
– Cosa c'è? – disse Archivio, aprendo un occhio.

E cosa era?

Occhi di selvaggia amante e pelle di mela acerba lei era
Passo di pantera in una notte di incendi lei era
Chicco d'uva che rotola in bocca lei era
Sorso di vino nella più calda mattina lei era

E i suoi capelli come grano che indora la pianura
E il culo morbido muschio e anguria matura
E dimmi dimmi il suo nome qual era?
Zeilene ragazza di campagna lei era
Avviata a grande luminosa carriera.

Ella entrò e sedette al centro del bar, accavallando le gambe.
Ordinò un calice di frizzantino e ne bevve un sorso.
Si mise tra le labbra un sottile cigarillo ambrato.
– Scusi signorina, qui non si fuma – disse Trincone con un filo di voce.
– Oh, ma io lo tengo in bocca ma non lo accendo. Parliamo di sigari, naturalmente. Ognuno ha il suo piccolo vizio. Il vostro qual è?

– Io mi drogo come una bestia – millantò Giango.
– Io racconto delle gran balle – ammise il Nonno Stregone.
– Io talvolta bevo – disse Trincone.
– Io non muoio ancora – disse Archivio.
– Birichini, mi sa che non mi dite la verità – disse la donna indicandoli con incantevole dito smaltato.

Intanto si erano radunate parecchie persone. Si era sparsa la voce che una creatura di inusitata bellezza era giunta al bar. Le sorelle Aspirine dicevano di avere riconosciuto in lei una diva dei talk show e si erano presentate in bikini, con grande coraggio perché continuava a piovere.

Quando la nuova arrivata vide che il pubblico era pronto per lei, parlò con affascinante e melodioso accento.

– Il mio nome è Zeilene. Anni fa ero come voi. Una ragazza ingenua nata in un paesino fuori dal mondo. Ma piena di sogni. E così partii. Nella valigia la mamma mi aveva messo poche cose: un vestitino, dodici paia di tanga, una fetta di torta, una scatola di profilattici quasi nuovi e una madonnina di plexiglas.

Sola e sperduta arrivai nella grande città e trovai lavoro come cameriera, in un piccolo bar proprio come il vostro.

Subito mi accorsi, dagli sguardi dei clienti, che possedevo qualcosa che li attraeva e li turbava.

Così seppi di essere bella, e confidai che questo mi avrebbe portato fama e fortuna.

Partecipai a diversi concorsi. Fui Miss Quartiere, Miss Hinterland, Miss Regione a Statuto Speciale, Miss Gambe, Miss Lato B, Miss Astanteria (ebbi una piccola colica renale).

Feci molti casting e provini televisivi. Ballai la lap dance in sordide discoteche. Uscii come hostess con uomini danarosi. Cedetti, ahimè, ai loro voleri. Ma sempre rifiutai ogni eccesso o perversione. Troia ma seria. Feci molti calendari, per gommisti e per stilisti. Impersonai tutti i mesi tranne agosto, mese di nascita di mia madre.

Ma per quanto mi dessi da fare, non ero felice né realizzata. Solo particine, e letti disfatti, e delusioni. E alcol, droghe e pizze takeaway.

Oh, come è dura la vita
di una ragazza sola e smarrita
bellezza che mi dovea far regina
mi rese infelice sgualdrina.

– Signorina, ma lei verseggia! – disse il preside Micillo con ammirazione.

– Mi capita. Ma ascoltate come il destino cambiò. Proprio quando stavo per perdere le speranze e accettare un posto di cameriera topless in un night per ciechi, arrivò la salvezza. L'incontro che cambiò la mia vita.

Una mattina uscii di casa, e mi attendeva una lussuosa auto blu, come quella che mi ha portato qui.

Un autista in livrea mi disse: – Il mio padrone vuole vederla.

La sua voce era calma ma inflessibile. Ormai la sorte mi aveva riservato di tutto, perché non vivere anche quell'avventura?

L'auto mi portò in un quartiere ricco ed esclusivo, davanti a un grande cancello dorato. Attraversammo un parco pieno di monumenti funerari, lapidi, obelischi, templi greci e piccoli colossei. Una megalomane erezione marmorea. Poi raggiungemmo una villa, anzi un castello.

Un ascensore mi fece salire fino a un terrazzo altissimo e immenso, che sembrava la pista di un aeroporto.

Qua, nella cornice di un grande schermo, un ometto grassottello sedeva su un trono di alabastro. Tra le mani, aveva la foto di un mio calendario, un luglio smutandato.

Mi fece sedere davanti a lui e disse:

– Senti, carina, tutto quello che puoi vedere da quassù è mio. Compresa l'autostrada laggiù, gli autogrill, i giocattoli e i biscotti e i giornali colà contenuti, le auto, i programmi delle autoradio, le scarpe dei guidatori e i loro cuori. E qua sotto nel parco, ecco i miei templi e gli archi di trionfo, i mausolei e le serre, gli elicotteri e gli aerei privati. Eppure, io non ero diverso da te. Ma ho trovato la mia strada. Tu vuoi trovare la tua?

C'era qualcosa in lui che mi spaventava e mi attraeva. Aveva un tic. Rideva sempre, a denti stretti, digrignando come se avesse la febbre. La sua voce era nasale e monotona, con un lieve potere soporifero.

– Vedi, cara, – proseguì – tutti possiamo essere ricchi, potenti, famosi. Tutti possiamo scendere in campo per aiutare gli altri e soprattutto noi stessi. Ma dobbiamo rinunciare a qualcosa.

– E a cosa mai, signore?

– Oh, deliziosa, ingenua paperella, – disse lui – guarda le immagini sullo schermo. Anni fa io ero già molto ricco, ma non abbastanza da sentirmi appagato, perciò finanziai una grande ricerca scientifica. Sospettavo, anzi ero convinto, che l'infelicità del mondo è dovuta a qualcosa che è dentro di noi. Qualcosa che ci impedisce di essere liberi e produttivi. E non è un'idea, né un pensiero inconscio, è reale, è organica, ha una sua materialità.

E la trovai! I miei schiavi... cioè, i miei scienziati, scoprirono che dentro al corpo di ognuno di noi vive un ospite, un parassita terribile. Lo localizzammo. È situato in una zona del mesencefalo detta Isola di Dont. Non è visibile coi consueti mezzi diagnostici come Tac e raggi di ogni sorta. È una specie di, diciamo così, esserino, composto di materia eterea, spiccioli di molecole. Vive in un indistinto torpore. Ma si risveglia, e diventa attivissimo, in alcune circostanze. Finora è stato definito con vari nomi. Alcuni lo chiamano *anima*, altri *coscienza*, altri *dignità*. Proprio come il corallo marino, è una colonia formata da minuscoli, innumerevoli filugelli, bacherozzi, mostriciattoli che si chiamano *scrupoli*. Ognuno di noi ha dentro sé questi orribili, inutili, parassitari *scrupoli*. Ed ecco la soluzione. Come vedi nel filmato, col bisturi lasercatodico, invenzione recentissima, si penetra nel cervello e gli scrupoli vengono rimossi uno per uno. Io ne avevo uno solo. E una volta operato, mi sono sentito subito meglio. E ora che conosci la verità, ti chiedo: vuoi subire anche tu la stessa operazione? Vuoi essere descrupled, liberata dai tuoi scrupoli?

– Ma io sono un po' spaventata... sembra quella storia del patto col diavolo, vendere l'anima eccetera...

– Anche questa tua paura è opera dell'infezione di uno scrupolo. Uno scrupolo alimentato da scellerati libri scritti da uomini malati di scrupoli. Ma quello che ti propongo non è diabolico, è normale. È semplice tecnologia, è un passo avanti nella tua vita sociale e politica.

– E perché proprio io? – disse.

– Perché sei una bella gnocca, – disse l'ometto con un radioso sorriso – e senza scrupoli lo sarai anche di più.

Il giorno dopo fui operata nella sua clinica.

Non fu doloroso. Una leggera bruciatura sulla nuca. E appena mi alzai dal lettino, la prima cosa che feci fu tirare un calcio alla suora infermiera perché mi aveva rasato i capelli.

Da allora vivo felice, ricca, corrotta e immaginate il resto.

Perciò, amici miei, ecco cosa vi propongo. Basta coi pensieri, coi dubbi, coi dolori. Entrate anche voi nella nostra famiglia. Io vi farò descrupolare, ridurrò la vostra coscienza a un fil di fumo e la vostra anima a un foglio accartocciato, ma sarete felici! Diventerò la vostra manager. Tutti potete essere ricchi e famosi. Venite con me!

Tutti erano in silenzio, annichiliti, turbati. Poi il Nonno Stregone si alzò in piedi e disse:

– Non ci credo.

La donna lo guardò e si tolse gli occhiali neri. Aveva occhi verdi come smeraldi, come il basilico dopo la pioggia, come una mela acerba. Pensammo che avrebbe incenerito il nonno.

Invece rise.

– Lei ha ragione, simpatico signore, – disse – questa storia è inventata, io sono un'attrice. Una brava attrice. E sono abilissima a infinocchiare il prossimo. Solo uno, tra cinquanta di voi, non ci è cascato. Ebbene, affidatemi la gestione della vendita del Bar Sport. Sarò il vostro avvocato, il vostro promoter, il vostro ufficio stampa. Farò di questo caso un evento mondiale: *Il piccolo bar che non voleva morire*. Diventerete tutti celebri. Settecanal è astuto, ma io sono cento volte più astuta di lui.

Un mormorio di commenti si levò. Alcuni erano dubbiosi, altri ammaliati dal fascino della donna.

– Vi lascio ventiquattr'ore per decidere, – disse Zeilene – non un'ora di più.

Si voltò di scatto e uscì. Ma prima di uscire disse qualcosa all'orecchio di Trincone.

La macchina blu partì, accompagnata dagli sguardi di tutti.

– Non datele retta, – disse Curnacia il menagramo – sventura a voi, troiani, se mai aprirete...

– Zitto, gufo – disse Giango. – Io la voglio, farà di me una rockstar.

– Bella donna, – disse Didone la farmacista – ma così pittate e agghindate lo saremmo tutte.

– Giusto – disse Basettina.

– A te piace, Piombino? – disse Alice.

– No – mentì lui.

– Trincone, – disse Ispido – sei già cotto, è un quarto d'ora che non bevi.

– Zitto, invidioso – disse lui. – Intanto, a me ha detto qualcosa che voi non sapete.

– Cosa, cosa? – urlarono tutti. Un frastuono di voci si levò.

– Sento puzza di strinato, – disse Archivio – mi ricordo quando andai a cena con Mata Hari...

– Avete sentito cos'ha detto? Montelfo diventerà un paese ricco e famoso! – disse Poldo Porcello.

Tutti erano eccitati e parlavano a voce alta.

– Non ho mai visto tanta esaltazione, – disse il nonno – sembra di essere tornati ai tempi delle Galline Cannibali.

Crimini e galline

Un cruccio di Montelfo era di non essere mai stato celebrato in una trasmissione televisiva. In un inverno degli anni novanta, la trasmissione *Bellezza mia*, guida ai luoghi ameni nazionali, pensò di girare una puntata natalizia nel paese. Vennero i produttori del programma e decisero che si poteva fare qualcosa, ma solo dopo intensa bonifica telegenica. Via ogni segno di miseria, bruttura e lagnanza. Venne un corpo speciale di lifting paesaggistico. Lavarono le strade, intonacarono i muri, misero fiori dappertutto. Fecero un provino a tutti gli abitanti. Ai bocciati, cioè indigenti, sgraziati, vecchi e storpi, fu intimato di stare in casa. Le signore furono dotate di pellicce sintetiche, per renderle più presentabili. Divennero un peloso e profumato gregge. Gli uomini furono rasati e muniti di cravatte d'ordinanza. La piazza fu ornata con cartelli di benvenuto, festoni e tavoli con panoplie di cibarie. Il Bar Sport venne nascosto dietro un cartellone pubblicitario. Si decise di fare una puntata natalizia, poiché sul paese erano caduti due metri di neve. Ispido e Treottanta furono incaricati dal sindaco di addobbare con luminarie un grande albero di Natale. Don Pinpon avrebbe provveduto al presepe. Zeppa e Ottorino vennero vestiti da soldati medioevali e inscatolati dentro armature da un quintale. Vennero ingaggiati due zampognari professionisti dal Molise e fu creato un coro di bambini agli ordini della maestra Tiribocchi, la iena.

Come miss da riprendere sullo sfondo furono scelte Gina Saltasù e le Aspirine.

Giunsero in sopralluogo il conduttore Toni Pacati, e la presentatrice bipartisan Sandra Silicò. L'eccitazione pervase il paese e i dintorni. Solo lo zoccolo duro del bar sembrava scettico, anche se incuriosito.

Ma tutto andò male. Il giorno prima della trasmissione la neve iniziò a sciogliersi. Invano ne furono portate dieci tonnellate con un camion. Un inatteso sole primaverile sciolse tutto in poche ore. Inoltre, gli zampognari si sbronzarono e sparirono.

Il coro di bambini non conosceva canzoni natalizie ma solo *Guantanamera* e *Ricominciamo*. La cuoca Sofronia, che avrebbe dovuto mostrare agli spettatori la ricetta segreta del suo maiale castagnato rispose: – Neanche se mi torturano – Il presepe non aveva abbastanza statuine e fu integrato con nani da giardino, Mammolo al posto di Giuseppe e tre Brontoli come Re Magi. L'albero per errore fu addobbato non con candeline, ma con petardi ed esplose in una tempesta di aghi. Zeppa e Ottorino si scontrarono con le armature e rotolarono quasi fino a valle. Per finire, apparve la Mannara col solito trenino di cani che si misero a copulare davanti alle telecamere.

La troupe se ne andò inorridita, sommersa da fischi, insulti e lapilli di polenta.

Il sindaco si indignò. – Abbiamo sprecato l'occasione di entrare nella storia patria. Siamo culturalmente e socialmente dei reietti.

Pochi gli fecero caso, e il dramma della mancata trasmissione era appena stato dimenticato quando accadde qualcosa che rinfocolò le polemiche.

Nel paese dall'altra parte della valle, Montombrico, accadde un terribile fatto di sangue, il Delitto del Freezer, ovvero La Donna di Ghiaccio, ovvero Sangue e Amarena.

Alla periferia di Montombrico viveva Gelinda, gelataia e pasticcera, i cui prodotti erano apprezzati in tutta la zona. La donna abitava con marito, figlio e suocero. Ahimè, erano tutti e tre dei disgraziati. Il marito aveva perso il lavoro e beveva, il figlio Camillo non studiava e ascoltava ossessivamente musica rural-brutal, il suocero, ex militare, passava tutto il tempo con le armi. Gelinda lavorava giorno e notte per mantenerli. Sgobbava tra vampate di caldo e ventate gelide, nel frastuono dei frigoriferi, anche quattordici ore di fila, per fornire gelati e creme a bar e pasticcerie della valle. La sera tornava stanca morta dal laboratorio, si buttava a letto ma non riusciva a dormire. Il marito, sordo, ascoltava la televisione a tutto volume, il figlio suonava musica a cento decibel e il suocero sparava col mitra in garage. Inoltre c'erano Kiwi, il cane del marito, che abbaiava in continuazione a ogni passaggio di auto, un'iguana del figlio che fischiava, e il gatto del suocero che soffriva di allucinazioni e attaccava miagolando topi immaginari.

Invano la donna chiedeva comprensione e pietà. I tre se ne fregavano, le spillavano soldi e proseguivano nel loro ozioso fracasso. A volte Gelinda prendeva pure qualche schiaffone.

Un terribile esaurimento nervoso la consumò.

Finché un giorno, secondo l'accusa, dopo aver letto un giallo la donna costruì nel freezer un ghiacciolo alla menta lungo due metri. Con questa terribile lancia uccise nell'ordine il marito, il cane, il figlio, l'iguana, il gatto e il suocero.

Quindi li mise in freezer e li smaltì in un mese, mescolandoli ai gelati in vendita. Per cui migliaia di persone mangiarono profiterole di marito, cassata di figlio e mousse di suocero. Per non parlare del gelato kiwi gatto e iguana.

I corpi però non furono mai trovati.

La televisione si impadronì golosamente del caso. Una lunga intervista con la "Killer dagli Occhi di Ghiaccio", come fu subito ribattezzata Gelinda, la rese un'eroina mediatica. La gelataia dapprima ammise il delitto, poi affermò di non ricordare nulla, anzi, sostenne che i suoi cari non erano stati uccisi ma erano spariti in una fredda notte. Un misterioso camion, forse russo, li aveva portati via. Si parlò di una relazione tra il marito e una badante ucraina.

Le indagini si arenarono: era assai difficile trovare tracce nel freezer del laboratorio, in quanto oltre ai gelati ci venivano conservati anche lepri, quarti di bue e persino una partita di calamari del 1947.

Ma se gli inquirenti erano lenti, i tribunali dei media erano rapidi e spietati. Non passava giorno che in televisione non ci fosse un dibattito, una ricostruzione, un plastico, un nuovo esperto. E altre interviste alla donna, ai parenti, fino a quelli emigrati in Australia.

Criminologi contro gelatai, innocentisti contro colpevolisti, psicologi contro dietisti, animalisti contro rockettari, cuochi contro ucraini, scrittori di noir contro medici, tuttologi contro tutti.

La colpa del crimine fu data:

a) al giallo che aveva ispirato la donna;

b) a un eccesso di saccarosio nel suo sangue;

c) alla musica rural-brutal che induce violenza su chi non la ascolta;

d) alla perdita di valori;

e) all'insistenza dei media;

f) ai sindacati che non avevano controllato gli orari di lavoro della donna e agli effetti del licenziamento sulla psiche del marito;

g) all'esercito e alla facilità con cui si possono tenere mitra in casa;

h) alle badanti ucraine;

i) a un trauma infantile (a sei anni Gelinda era caduta nello zabaione);

j) al potere allucinogeno della menta;

k) all'assurda e crudele mania di tenere animali esotici in casa;

l) al mutamento climatico globale, avvertibile anche in una gelateria, in quanto i gelati dovevano essere confezionati più freddi per resistere allo squaglio;

m) al contrasto tra il Nord laborioso, rappresentato dalla donna, e il Sud fracassone e ozioso, rappresentato dal marito e dal suocero, entrambi meridionali;

n) all'aumento ingiustificato dei prezzi delle materie prime, ad esempio limone, banana e melone, che avevano costretto la donna a un superlavoro;

o) agli additivi chimici;

p) all'insistenza dei media nel denunciare l'insistenza dei media;

q) ad Al Qaeda (nella gelateria era stato trovato un dépliant per una vacanza in Marocco);

r) alla tendenza dei presidenti di calcio a sostituire gli allenatori (tesi di cui si è perso il nesso iniziale);

s) alla facilità con cui si possono ottenere armi terribili come ghiaccioli di due metri;

t) a You Tube;

u) alla lentezza delle riforme;

v) all'emulazione;

w) a una serie di motivi che sarebbero stati spiegati nel libro *Occhi di ghiaccio* del conduttore della trasmissione, il ruffianissimo Poliste;

x) al relativismo etico;

y) all'insistenza dei media nel trovare una ragione dopo l'altra;

z) alla malvagità che tutti ci domina.

Accusa e difesa si presero a botte, non solo metaforiche. Per l'accusa, la Donna di Ghiaccio doveva essere condannata, perché c'era il rischio di pericolose emulazioni. Ogni cuoca, pasticcera, fruttarola del paese avrebbe potuto vendicarsi dei familiari arrostendoli, congelandoli, frullandoli o liofilizzandoli. Serviva una condanna esemplare.

Per la difesa, la mite gelataia era confusa e incapace di nuocere. E poi era impossibile infilare sei creature nel freezer e farne gelati. L'avvocato difensore fece una controprova con sei cadaveri. Questo creò nuove polemiche, accuse di necrofilia e una manifestazione della LPIG, Lega protezione iguane. I dubbi rimanevano.

Ma gli indizi erano gravi. Il giudice mise la gelataia agli arresti domiciliari.

Il paese di Montombrico conobbe un boom turistico senza pari. Migliaia di auto costeggiavano la villetta del delitto e il laboratorio. Le macchine fotografiche imperversavano di giorno e di notte. Venivano venduti giornali e poster. Ma, ancora peggio, erano stati messi in vendita ambigui gelati dal nome Glacito Marito, Camilluccio con biscotto e Coppa del Suocero.

I giornalisti circondavano la casa, attendendo sviluppi.

Il citofono di Gelinda divenne l'immagine più scaricata da Internet e fu definita da un critico d'arte "una delle icone del secolo".

Una notte ignoti lo rubarono, insieme al numero civico della casa.

Il nuovo citofono fu protetto dall'esercito.

La popolarità criminal-turistica di Montombrico mise gravemente in crisi Montelfo. Nel bar si sentiva dire: – Voi uomini siete tutti bravi a tirar ceffoni, ma per far fuori una famiglia ci vuole una donna.

Gli uomini replicavano: – Parlate, parlate, ma non ci avvelenate mai.

Il sindaco ebbe più volte a ripetere che la vita nel paese era tranquilla e lui non sosteneva certo che Montombrico era meglio di Montelfo. Però là accadevano cose che testimoniavano del malessere della vita moderna, mentre qui si continuava a oziare e bere cicchetti.

Il parroco stesso in un'omelia disse: – Orrore a chi ha commesso certi delitti. – Ma poi lesse le pagine della Bibbia su Caino e Abele e disse: – Non chiudiamo gli occhi, il male è tra noi, mica solo a Montombrico. E i loro citofoni, santo Dio, non sono migliori dei nostri.

Ma un mese dopo, mentre il delitto della gelataia manteneva una invidiabile audience, ci giunse una straordinaria notizia.

Il dramma era accaduto a pochi chilometri dal bar, in un puzzolentissimo allevamento di galline.

Un bambino di nove anni di nome Cino si era presentato piangendo ai carabinieri della città limitrofa dicendo di aver ucciso i genitori. Motivo: non gli compravano il telefonino.

Dinamica del duplice omicidio: soffocamento mediante uovo sodo in bocca. Il bambino aveva nove anni ma pesava quasi ottanta chili.

I corpi erano stati buttati alle galline che li avevano divorati.

Infatti durante le prime indagini nei box dei pennuti furono trovati le fedi dei due, un frammento di unghia del padre e una ciocca di capelli della madre, oltre a brandelli di vari indumenti.

Arrivarono televisioni da tutto il mondo. Il caso delle Galline Cannibali e del Pulcino Killer di Montelfo apparve subito come uno dei più appassionanti del secolo. La gelataia Gelinda fu dimenticata e dopo poche ore erano già in campo le nuove formazioni degli innocentisti e dei colpevolisti.

L'elenco delle responsabilità era più o meno quello del delitto del freezer, ma ce n'erano di nuove, ad esempio:

a) l'obesità infantile;

b) l'aviaria;

c) la facilità di trovare armi quali uova sode;

d) il consumismo;

e) la retorica sulla Resistenza;

f) la moda degli sms;

g) le torture alle galline;

h) la malvagità delle galline;

i) la fondamentale indifferenza etica delle galline;

j) eccetera.

Per gli innocentisti, Cino Pulcino era un bimbo grasso con gravi carenze affettive che era stato colto da raptus. Andava curato e riabilitato.

Si scoprì che dall'età di due anni gli veniva imposto di mangiare un uovo sodo ogni giorno. Ovvio che avesse voluto firmare il delitto in quel modo. Il telefonino sarebbe stato per lui il solo modo di cambiare vita, di comunicare col mondo e uscire da quell'incubo pennuto.

Per i colpevolisti, invece, Big Cino era un pericoloso serial killer. Un criminologo gli attribuì la colpa di tredici sparizioni misteriose avvenute in Slovacchia nel secolo scorso.

Per gli antiecologisti, le galline cannibali andavano sterminate, ormai erano diventate belve antropofaghe.

Per gli animalisti, andavano curate dallo choc e assistite da uno psicologo. La loro vita sventurata, costrette a mangiare ventiquattr'ore su ventiquattro, le aveva spinte a cibarsi di carne umana, non già il loro istinto.

Per alcuni dei frequentatori del bar, gli indizi erano chiari. In paese il bambino era temuto per essere un manesco e un tiratore di uova.

Per altri, la colpevolezza era dubbia: e se fosse stato un incidente, di cui il ragazzo si prendeva la colpa, impazzito per il dolore? Un pollivendolo testimoniò che le galline odiavano la coppia, e spesso cercavano di beccarla. Saltò fuori anche una lettera anonima di minacce, firmata da una zampa di pollo.

Poi ci fu un sondaggio televisivo: il bambino fu dichiarato assassino al 57 per cento. Il giorno dopo fu chiuso in una gabbia, con la museruola, guardato a vista.

Una nota ditta di telefonini fece subito uno spot: le immagini mostravano un bambino felice con un cellulare all'orecchio. Dietro a lui i genitori, su cui incombeva una minacciosa ombra alata. E lo slogan:

Non fare il pollo,
regalagli la tariffa Babycell finché sei in tempo.

La notorietà raggiunse finalmente Montelfo. Ogni giorno al bar arrivavano decine di televisioni. Venivano intervistati i ragazzi del paese. Per la verità nessuno conosceva bene Cino, ma tutti furono prontissimi a inventare balle su di lui. Ad esempio, che giocava a pallone malissimo, starnazzando come una gallina. Che rubava i telefonini. Le sorelle Aspirine dissero: – Siamo state la ragazza di Cino, giocavamo insieme a briscola-strip. Ce l'ha piccolissimo.

Ed ebbero le copertine dei giornali.

Venne intervistato don Mela, sperando confessasse molestie a Cino. Nulla. Fu intervistata Gina Saltasù, sperando che Cino l'avesse molestata. Nulla.

Clemente Serpente riuscì a farsi intervistare, fingendo di essere lo zio di Cino. Disse un sacco di bugie e alla fine se ne accorsero, ma mandarono lo stesso tutto in onda.

Trincone l'oste fu il più intervistato, perché l'anno prima ricordava di aver venduto a un bambino grasso simile a Cino un gelato panna e cioccolato.

Il giorno dopo, il giornale titolò:

Un legame tra la gelataia assassina e il piccolo killer?

Trincone ebbe una settimana di notorietà e finì addirittura sul "Times" come uno dei dieci uomini peggio vestiti al mondo.

Ma soprattutto, il Delitto dell'Uovo Sodo portò migliaia di turisti.

Il citofono di Cino divenne più celebre di quello della Donna di Ghiaccio. Una banda di truffatori ne vendette centosei esemplari, tutti garantiti originali.

L'allevamento di galline, chiuso, fu scelto come set per vari film horror.

E naturalmente ogni ristorante della zona mise in menu il Pollo della Mamma, il Galletto del Babbo, l'Uovo alla Morgue e la Fricassea Cin Cin.

Le indagini si presentavano difficili. Bisognava evidentemente abbattere le galline e accertare mediante esame autoptico se contenevano resti umani. E scoppiò l'ennesima polemica.

Da una parte i filopollisti: – Perché devono pagare loro?

I giustizialisti: – Morte alle galline, siano subito fatti luce e brodo.

Gli esperti americani dissero: – Una gallina digerisce ed elimina in ventiquattr'ore ogni traccia di cibo, ormai è tardi.

Gli esperti giapponesi risposero: – Esiste un test per stabilire cos'ha mangiato una gallina negli ultimi cinquant'anni.

Gli scienziati americani: – Ignoranti, le galline non vivono cinquant'anni.

Gli scienziati giapponesi: – Le nostre sì.

E già Montelfo aveva organizzato un festival di tre giorni, *Giallo come un Tuorlo*.

Erano invitati scrittori di noir, musicisti, filosofi e cuochi, chiamati a portare testimonianze sul rapporto tra crimine e galline. Per la parte gastronomica, ci sarebbe stata una grande sfida tra chef con piatti a base di pollo. Erano previsti anche:

Un convegno sull'obesità infantile.

Un convegno sul rapporto tra telefonia e violenza.

Una sfilata di moda con abiti di piume.

Una grande serata televisiva con l'assegnazione del premio *Scema in Scena* per l'attrice più oca dell'anno.

Più di trentamila persone erano attese.

Ma ecco la ferale notizia.

I genitori di Cino erano riapparsi, abbronzati e in ottima salute. Erano andati due settimane alle Maldive, affidando l'allevamento, completamente automatizzato, al figlio. Non sapevano nulla di tutto quel bailamme.

Cino confessò la messa in scena. Aveva preso le fedi dei genitori da un cassetto, alcuni capelli materni dalla spazzola, un pezzo d'unghia del babbo dal bidet, un po' di abiti e così via. Aveva poi mescolato il tutto al pastone delle galline.

Possedeva già due telefonini ed era contento di essere grasso.

Ma siccome l'avevano mollato due settimane da solo, si annoiava e aveva trovato molto eccitante tutto quel casino.

La truffa dell'uovo sodo impazzò in televisione fino a mezzanotte, tra gente che diceva "era chiaro come una chiara d'uovo, l'avevo detto subito", e altri che non erano convinti e sospettavano oscure trame.

Stava già per scatenarsi un nuovo furibondo dibattito, quando arrivò in studio la seguente notizia.

In un paesino del Nord, una vecchia di novantadue anni aveva massacrato i vicini, una famiglia di undici persone, a colpi di falce. Motivo: avevano criticato la torta che lei gli aveva regalato.

Tutti e undici gli scomparsi, inoltre, erano juventini.

Nessuno parlò più del delitto della Donna di Ghiaccio, né di quello del Pulcino Killer, tanto che qualche volta pensiamo di esserceli sognati.

La nuvola

Montelfo non dormì bene quella notte. Civette e gufi sembravano amplificati col microfono. I cani ululavano con inconsueta mestizia. E il vento soffiava a raffiche improvvise, come se anche lui, ogni tanto, si destasse da un brutto sogno.

All'alba le ruspe ripresero a marciare e gli alberi a cadere. Gli animali terrorizzati fuggivano dal bosco, e le auto li massacravano sulla strada.

Un cinghiale si scontrò con un guidatore di Suv che andava a centocinquanta. L'animale ebbe la peggio. Il cinghiale invece se la cavò con una zampa rotta.

Uomini in camice salirono in paese, con strani strumenti, a prendere misure e a tracciare segni. Come se da quei segni dovessero nascere crepe e tagli e divisioni, e il paese fosse una torta da mangiare fetta per fetta.

Il nonno annusò l'aria e sentì odori nuovi. Sicuramente c'era l'odore di polvere alzata da un martello pneumatico che bucava la strada. Poi il gas vomitato da un grosso camion.

Ma c'era anche un odore diverso, che si avvicinava e mutava a ogni soffiar di vento. Come quando si apre una soffitta chiusa da tempo. Qualcosa che veniva da lontano.

E la vide subito, a nord: una nuvola nera, gonfia, piena di occhi e tentacoli. Le altre nubi si muovevano veloci. Quella si avvicinava lenta, come una gigantesca astronave.

Il nonno sapeva che la nuvola sarebbe calata sul paese. E

dentro quella nube nessuno riesce a vedere cosa ha vicino. Il nemico non ha più volto, un amico diventa un'ombra ostile. E ognuno cammina a pugni in avanti, per non sbattere contro qualcosa. Ogni voce suona minacciosa. Tutti siamo stranieri e invisibili uno all'altro.

Quella nuvola poteva ubriacare come i gas sul fondo di un tino, come i miasmi della fabbrica, come un profumo esagerato o come l'odore della polvere da sparo.

Poteva mettere il padre contro la madre, il figlio contro il padre, i giovani contro i vecchi e i vecchi in odio tra loro. Sotto il suo scuro mantello, in nome di nuove paure sarebbero stati commessi vecchissimi delitti. Sarebbero stati dimenticati i morti. La nuvola avrebbe coperto di muffa le fotografie, e avrebbe fatto marcire i libri.

Il nonno ricordò la sua vecchia tipografia. Le parole che nascevano dal piombo, dalle presse, dalla fatica notturna. Ora le parole sibilavano nei cavi, volavano attraverso l'aria.

Ma allora come ora, non erano uguali per tutti.

Chi fa crescere quella nuvola, pensò il nonno, vuole che le parole non abbiano più la loro anima, che è lieve e pesante, poesia e spada, graffio sulla roccia e fatica sulla pergamena. Ci vuole muti, spaventati, obbedienti.

Vuole che rivolgiamo il nostro odio non contro la sua nera potenza, ma contro i più deboli di noi.

E la nuvola beve i nostri pensieri.

Il nonno arrivò al bar. Il cielo era grigio e un vento freddo faceva volare le foglie.

Ogni colore e rumore e odore gli sembrò strano.

Trincone era torvo, faceva i conti su un foglio e imprecava contro il vino che era troppo dolce. Forse la bella Zeilene gli aveva versato nel bicchiere un miele velenoso.

Giango guardava verso la valle, come se volesse volare via.

I giovani avevano comprato un giornale: in un articolo si

parlava di Montelfo, e di come sarebbe stato al centro di grandi novità. Ridevano, riconoscendo nomi noti.

C'erano alcune facce nuove. Un paio di operai dei vecchi cantieri della zona, che erano stati licenziati. Parlavano con Ispido.

– Ci hanno detto: basta lavori di poco conto, adesso nascerà il nuovo supercantiere. Se fate i bravi forse vi assumiamo.

Ispido non diceva nulla.

Intanto, altri segni denunciavano un grande rivolgimento.

Un'aquila, animale rarissimo da vedere, volò alta e per tre volte girò intorno al campanile.

Poi Merlot si mise a ululare. In condizioni normali ululava da tenore con grande musicalità.

Ora sembrava un corno da caccia, un funebre bordone.

E diceva:

– Io o o, i aieài oo.

– Smettila – gli urlò Trincone.

Merlot lo guardò e ululò ancora, per sfida:

– I aieài oo.

– Smettila, – disse Trincone – non ti lascerò mai solo.

E altri indizi annunciarono un terremoto.

Archivio, che ormai respirava una sola volta al minuto, si riprese, riuscì addirittura a camminare verso il prato e pisciare quasi oltre le scarpe.

Trincone Carogna disse per la centesima volta che voleva fare una vita onesta, ma stavolta sembrava quasi vero.

Culobia e Curnacia presero due gratta e vinci. Culobia perse, Curnacia vinse.

Zeppa, dopo aver letto il giornale sportivo, disse: – Se avessimo comprato un difensore adesso prenderemmo meno gol – centrando una doppietta congiuntivo-condizionale che non gli riusciva dai tempi della scuola.

Alice era accovacciata sul muretto come un gatto triste.

– Sei malinconica perché riprende la scuola? – chiese il nonno.

– No, ma c'è in giro una specie di pazzia. Mio padre dice che non può curare tutti gli animali del bosco, ieri abbiamo litigato perché gli avevo portato un porcospino. Poi ho detto a Piombino che anche a me spaventano questi lavori, ma non mi dispiacerebbe se ad esempio in mezzo alla piazza mettessero un'aiuola di fiori e lui ha gridato: le piante non son fatte per stare nel cemento. Sei una piccola viziata, che ne sai quanta fatica costa tirare su un albero o una vigna! E adesso, lo vedi, è lì in cima al noce, e non scende, sta tirando con la fionda. Magari tirerà anche a noi.

– Non lo farebbe mai.

Il bicchiere del vino esplose centrato da un sasso.

– Bel colpo, Piombino, – disse il Nonno Stregone – ma adesso basta.

Un altro sasso risuonò contro il vetro della banca.

Ottorino, come aveva visto nei film, impugnò la pistola e si buttò ventre a terra. Merlot gli fu subito sopra e cercò di farne uso erotico. La fruttivendola Giorgia urlò come una pazza e ribaltò le zucche, che rotolarono. Piombino ne polverizzò due.

– Ohè, ma cosa sta succedendo? – gridò il vigile Cardellino.

– Niente, niente, tutto calmo – disse il nonno. – C'è solo un po' di elettricità nell'aria, sta per piovere.

– Invece no, – disse Archivio, guardando il cielo – è molto più grave. È in arrivo la nuvola, vero?

– Temo sia già arrivata – disse il nonno.

– Cosa è la nuvola? – chiese Alice un po' spaventata.

– Oh, non preoccuparti bambina, quella che tu chiami pazzia passerà. Ricorda questo detto pellerossa:

Il tempo è un grande fiume. Tutto quello che possiamo vedere di lui è un po' d'acqua raccolta nelle nostre mani. Anche se quell'acqua a volte è torbida, sappi che il grande fiume scorre limpido, prima e dopo di noi.

– Sei stato in mezzo ai pellerossa, nonno?

– Certo, Alice. Prima di fare il tipografo lavoravo in una fabbrica di macchine da scrivere. Una tribù indiana Sioux mi chiamò a riparare la macchina per fare i segnali di fumo. Si era rotta e tutte le volte che volevano dire "buongiorno" o "ci serve del sale" a una tribù vicina, la macchina mandava nuvolette sbagliate che volevano dire "andate a 'fanculo", oppure "siete dei puzzoni figli di John Wayne". E così nasceva una scaramuccia dietro l'altra. Io la riparai, era un problema di legna andata a male.

– E come erano i Sioux?

– Belli, alti. E le ragazze, poi... mi ricordo una che si chiamava Piccola Faina... una volta...

– Nonno Stregone, – rise Alice – ma raccontavi tante bugie anche a tuo figlio? Perché tu ce l'hai un figlio, vero?

– Certo, fa il musicista, in America. Quando mi telefona e lo sento felice, allora tutto va a posto. E un giorno tornerà a fare un concerto qui in paese. Me lo ha promesso. Lui al pianoforte, con un'orchestra di seicentosedici violinisti.

– Smettila di riempire di fandonie la testa di questa ragazzina, – sbottò Archivio – magari poi ci crede.

– Su mio figlio ho detto la verità – disse il nonno. – Va beh, magari il numero dei violinisti era un po' esagerato.

– Tu non esageri mai "un po'" – borbottò Archivio.

– Vedi? – disse il nonno scuotendo la testa. – La nuvola fa litigare persino me e Archivio.

– Adesso che mi ci fai pensare è vero – disse Archivio. – Scusa, Stregone, sono stato sgarbato. Ci siamo proprio dentro, mi sa...

In quel momento si udì il grido di Fefè.

– Maledetti ladri! Mi han rubato l'opera omnia di Moana!

Sulla piazza, Merlot si azzuffava con Billy il Maniaco per questioni amorose.

Ispido Manidoro entrò nel bar e chiese un cacciavite a Trincone.

– Sono un bar mica una ferramenta, cazzo – rispose l'oste.

Gandolino in bicicletta tagliò la strada a Giorgia la fruttivendola.

– Levati, con quel culone – le urlò.

– Comprati una macchina, pezzente.

A un tavolo, Simona Bellosguardo e altre donne litigavano a voce alta su ciò che è nuovo e ciò che è vecchio e sull'evoluzione del concetto di zitella dall'Ottocento a oggi.

Un sasso di Piombino centrò un tavolino di ferro e risuonò come un gong di battaglia.

Unico segno di normalità, l'odore del pane del forno di Selim.

– Ahimè – sospirò il nonno. – Non si è mai visto il paese così incerto e diviso, dai tempi della rivalità di Sofronia e Rasputin.

Sofronia contro Rasputin

C'erano una volta, nel nostro paese, due cuochi leggendari, tra i migliori del mondo.

Avevano una sola cosa in comune: il carattere pestifero. Ma per il resto erano molto diversi. Si chiamavano Sofronia e Rasputin.

Sofronia era una donna alta e vigorosa, coi capelli color pannocchia e gli occhi blu. Era figlia di una contadina e di un soldato tedesco disertore. Dopo la fine della guerra, il padre era sparito. Lei era cresciuta con la mamma Gemma, che coltivava un orto e un erbario. Aveva appreso da lei tutti i segreti della verde natura. La madre aveva cercato di trovare un altro compagno, ma appena entravano in casa gli uomini si ammalavano di strane diarree e febbri maligne. Gemma scoprì solo anni dopo che la figlia gelosa li avvelenava. Quando la mamma morì, Sofronia restò sola. Sposò un ricco contadino, ma anche lui, dopo una zuppa sospetta, finì al camposanto. Qualcuno cominciò a indagare su quella morte misteriosa, e Sofronia dovette andarsene. Emigrò in Francia. Qui si presentò dal grande cuoco Birotteau, per essere assunta nel suo ristorante.

Vedendo l'agreste fanciulla, lo chef sorrise sotto i baffi e le disse:

– Vediamo, piccola. Mi sapresti fare una frittatina, magari con qualche erbetta?

– Certo, – disse lei – che ne dice di una con alchimilla, alloro, anice, borragine, cardo mariano, centella, citronella trezampe, coriandolo e damiana? Oppure la preferisce con glucomannano, masa, luppolo, linzimarica piccante, maggiorana, menta crispa e morinda citrifolia?

– Ma veramente... – balbettò Birotteau, stupito.

– Ho capito. Allora vuole menta pirigalla, limonicchio, rodiola, rosmarino, spirulina, tribulo, verbena, epigallo e semi di pastorella... Sempre che lei sappia di cosa parlo...

Birotteau capì di avere davanti a sé un grande talento. Una donna per cui la natura non aveva segreti. Conosceva ogni foglia, ogni radice, ogni rizoma, ogni verdura ed era pronta a comporli in una gustosa varietà. E si intendeva anche di uova e latticini, le bastava guardare negli occhi una mucca per capire se il suo burro era buono. Non cucinava né carne né pesce. La cuisine verte di Sofronia divenne presto celebre, tanto che Birotteau si ingelosì. E prima di finire vittima di qualche ravanello assassino, la licenziò.

Sofronia tornò in patria. Aprì una trattoria appena fuori Montelfo, in un borghetto soleggiato. In poco tempo coltivò un erbario meraviglioso, che spandeva il suo odore in tutta la valle. Vasi di menta e basilico gigante ornavano la stradina che portava alla trattoria Fleur Sofronia. C'erano solo cinque tavoli. Essere ammessi a quel giardino di delizie era cosa difficilissima. Sofronia puntava i suoi occhi in quelli dei clienti: se qualcosa nel loro sguardo non le piaceva, voltava le spalle.

– Va' via, gramigna – diceva.

C'erano persone che aspettavano mesi per entrare in quel paradiso di aromi e di misteri. Perché c'erano tra gli ingredienti della cuoca alcune erbe che solo lei conosceva. E soprattutto il famoso sofrolio, verdura che coltivava in un orto nascosto. Neanche i botanici sapevano esattamente di cosa si trattasse. Chi lo diceva somigliante a una grossa zucca ovale, chi dotato di braccia e gambe come una creatura marziana. Qualcuno sosteneva che di notte camminava sulle zampe fogliacee per andare a bere la rugiada. Una sola cosa si sapeva con certezza: era di una bontà inimitabile.

In poco tempo la trattoria Fleur Sofronia divenne una delle attrazioni della valle, e prese cinque stelle da tutte le guide gastronomiche, e quattro dal severissimo Alfio Taracco, il gastro-critico più esigente del paese. Venivano da ogni dove anche americani e giapponesi ed emiri. Ma Sofronia non era vanitosa. I suoi severi occhi blu trattavano nello stesso modo il ricco gourmet e il goloso locale.

Qualcuno però si preparava a minacciare i suoi trionfi. Davanti alla trattoria c'era un vecchio casolare diroccato. Un giorno arrivarono gli operai e iniziarono a riparare e ristrutturare. Ispido e Zeppa in persona costruirono un grande camino, su un disegno assai dettagliato. Poi arrivò un camion e scaricò una cucina Ravanel, la più pregiata del mondo. E dieci casse di pentole e utensili. Sofronia chiese il perché di tutti quei preparativi. Ispido rispose che erano stati incaricati da qualcuno che curava gli affari di un grande cuoco, il signor Rasputin, e che lì sarebbe sorta una trattoria di nome Carnaza.

E dopo un mese, da un furgone traballante e stracarico scese l'atteso e misterioso chef. Era un orco alto due metri. Portava i capelli ritorti in treccioni neri, ognuno dei quali terminante in un fiocco a coda di leone. Una folta barba gli scendeva fino alle ginocchia, i baffi erano dritti come spade e le sopracciglia avrebbero potuto dare albergo alle aquile, tanto erano folte e irsute. Aveva lineamenti orientali, zigomi aguzzi e verdi occhi bistrati, lampeggianti di follia. In una mano reggeva un lungo spiedo e nell'altra un coltellaccio. La sua veste era un palamidone nero i cui bottoni di vetro sembravano (o forse erano) occhi di animale. E insieme a lui scese dal camion una orribile serie di trofei: teste di cinghiale e di volpe, serpenti imbalsamati, mozziconi di caimani, chiappe di ippopotami, musi di squali con la bocca spalancata, tigri con zanne ingiallite. Era un campionario di cacce ed ecatombi. Perché se Sofronia era cuoca di erbe, Rasputin era cuciniere di selvaggina e carne.

E il suo coltello era sempre insanguinato, proprio come quello di Sofronia era sempre profumato.

Da dove veniva l'orco-chef? Per alcuni dalla Transilvania, per altri dalla steppa siberiana, per altri ancora era un sasquatch, creatura leggendaria delle foreste. La sua parlata gutturale e roca era a malapena intelligibile. Ma bastava che guardasse qualcuno negli occhi, bipede o quadrupede, e quello si sentiva già schidionato e arrostito.

Era ovvio che i due fossero incompatibili. Sofronia commentò aspramente l'ideologia gastrica di Rasputin. Disse: – La natura è armonia e bellezza, le piante e le erbe sono state date all'uomo per nutrirlo, come alternativa all'aggredire i suoi fratelli animali. Il primo cibo umano fu quasi sicuramente una profumata radice o una tenera fogliolina, il frutto di un albero o il pianto di un'oliva. L'arte di combinare la verde linfa del mondo, insieme ai lattei doni e alle generose uova di animali soddisfatti di essere utili: questa è la cucina. Tutti sono capaci di confezionare cibo commettendo delitti e impilando cadaveri e grossolani sapori.

Rasputin rispose: – La Bibbia dice: "E tu uomo assoggetterai gli altri animali, e darai a loro terrore e tremore". Gli animali si sbranano tra loro e l'animale più forte li mangia tutti. Cuocere e cucinare, ecco l'unica superiorità della cultura umana, peraltro misera e degenere in tutte le altre forme. Lo schioppo e lo spiedo, non la penna, fanno la civiltà. Il primo uomo si mise in bocca una tenera fogliolina ma subito la sputò e ne ricavò crampi e diarrea. Il primo coniglio che strangolò con le sue mani, invece, gli diede il sospetto dell'esistenza di Dio, e l'odore che nacque dal suo lento rosolare gli diede la certezza del paradiso. L'arte di combinare sangue, tendini, animelle e polpa vivente con gli altri regni del mondo, erbacei o frugivori o ovaioli, ecco cos'è la vera cucina. Tutti sono capaci di cogliere una carota, le carote non scappano.

In tutto, quindi, erano diversi. Sofronia era aiutata da due sorelle, Barbara e Bietola, assai bionde, belle e orecchiute, tanto che si sospettava fossero elfi. Poi c'era la vecchissima Tegamina, sfoglina regina, una che usava il mattarello come Toscanini la bacchetta. La cucina della trattoria riluceva di igiene e nitore, le pentole erano ben ordinate, si cantava durante il lavoro. I tavoli erano perfettamente apparecchiati con piatti di porcellana di Sèvres, e prima di servire ogni cliente Sofronia offriva un aperitivo al rabarbaro e diceva: – Que aimez-vous, mesdames e messieurs? – E porgeva loro un menu dipinto a mano. Ma se qualcuno sbagliava a ordinare il vino, o chiedeva la maionese, o non finiva una frittata veniva cacciato all'istante. E guai se portava su di sé un profumo troppo forte, o si azzardava a fumare. E Sofronia faceva entrare solo chi voleva lei.

Rasputin aveva come aiutanti la Checca, una vecchia vampira con due soli denti, capace di confezionare tremila tortellini all'ora, e Caco, un gigante obeso che si diceva ammazzasse le mucche a cazzotti. La cucina del Carnaza era un antro infernale con un immenso camino dentro al quale ardevano ciocchi titanici, e pignatte picee e affumicate, tra schizzi di unto e sangue. Risuonavano rutti, peti e bestemmie. I tavoli erano sempre sporchi e zoppicanti, i piatti scheggiati, i bicchieri annebbiati di sporco. E prima di servire Rasputin non offriva l'aperitivo, e se qualcuno gli chiedeva il menu rispondeva: – Perché, mangia la carta lei? – e subito dopo, per chiarire, portava un antipasto di cervelletti. Se poi qualcuno lasciava del ragù o un osso mal spolpato nel piatto, erano calci in culo. E Rasputin faceva entrare solo chi voleva lui.

Insomma, erano due fuoriclasse, due grandi cuochi, e anche se si odiavano, sapevano che la loro maestria era pari. Solo uno però poteva diventare il numero uno di Montelfo e la battaglia iniziò.

Sofronia espose fuori dalla trattoria un cartello con il

Insalata di ovoli alle erbe di bosco
Bavette al sofrolio
Frittata di forno alle erbe fini
Erbazzone alla Baudelaire
Sformato di verdure sofroliate ai tre colori
Formaggi di montagna al miele di gelsomino
Torta di mirtilli con liquore di erba Tunsaispas

E sotto, una delle sue ricette:

SFORMATO DI VERDURE SOFROLIATE AI TRE COLORI

Sbucciate le patate e le carote, lavatele, tagliatele a pezzetti e lessatele in acqua poco salata. Prendete il sofrolio, toglietegli le foglie e il cudruzzo, fatene quattro parti, poi lessatelo. Mentre le verdure cuociono, accendete il forno a 200 gradi, mondate lattuga e crescione, poi tagliateli e fateli appassire con poco burro. Alla fine scolateli e frullateli. Imburrate uno stampo per budino e rivestitelo con il pangrattato. Montate a neve cinque albumi d'uovo di gallina di Strasburgo. Scolate le carote e frullatele. Scolate le patate, schiacciatele con la forchetta e amalgamatevi il burro rimasto, i tuorli e una generosa grattata di formaggi. Scolate il sofrolio, lanciatelo in aria più volte e riprendetelo per farlo divertire e intenerire. Dividete quindi il composto in tre parti: a una amalgamate le carote frullate, all'altra il purè di lattuga e crescione e lasciate la terza così com'è. Poi unite delicatamente a ognuna delle tre parti un terzo degli albumi montati a neve. Riempite lo stampo con strati di un paio di centimetri, alternando i colori, poi cuocete per 30 minuti circa nel forno già caldo. Fate riposare un paio di minuti prima di sformare.

La mattina, qualcuno vide Rasputin fermarsi davanti al cartello e tirarsi nervosamente la barba. Era un colpo basso. Astutamente, la rivale aveva composto un menu in cui non svelava i suoi segreti, con ingredienti misteriosi che solo lei conosceva. Ma Rasputin non era da meno. Aveva anche lui le sue armi nascoste. E appese il seguente:

☜ MENU ☞

Insalata di porcini molto più buoni degli ovoli di quella là
Tagliatelline al tartufo
Risotto alla beccaccia
Fagiano ai frutti di bosco
Polpettone alla Carnera
Gargaleone in umido
Formaggi puzzoni con miele di acacia
Pasticcini al Madera con sorpresa

E la ricetta del misterioso gargaleone:

GARGALEONE IN UMIDO ALLA VLAD

Prendete un gargaleone e privatelo della gargacotenna e del favone, poi squarantatelo. Fate marinare lo spezzatino per almeno 12 ore (dalla sera alla mattina) in circa 400 ml o più di vino Scaramello unito a bacche di ginepro; la carne dev'essere completamente coperta. Buttate via il vino, anzi bevetelo. Mondate, lavate e affettate carote, sedano e cipolline; mettete le verdure in un bel pignattone insieme a olio, alloro ed erba cipollina secca. Aggiungete la carne, regolate di sale e fatela rosolare su tutti i lati. Versate dell'altro vino e fatelo evaporare, ma non del tutto, su fiamma vivace. Aggiungete dell'acqua bollente come uno sputo di demonio, abbassate la fiamma, coprite e procedete con la cottura fino a quando la carne non si intenerisce.

Continuate ad aggiungere acqua bollente, e il midollo delle os-
sa del gargaleone durante tutto il tempo di cottura. Lasciate un
bel po' di intingolo da passare al mulinetto e da riversare poi
nella pentola con la carne. Servite caldo con patate bollite, e guar-
nite con la coda del gargaleone flambata.

La battaglia era iniziata. E i due avversari, nel mese seguente, non risparmiarono i colpi. Sofronia inventò nuove ricette e raddoppiò il lavoro. Barbara e Bietola, le sorelle elfe,
avevano sempre le orecchie roventi per la vicinanza ai for-
nelli, e Tegamina ogni tanto doveva fermarsi perché il mattarello fumava, e bisognava raffreddarlo. Ogni notte Sofronia
spariva nei boschi e tornava con un sacco, dove evidentemente
erano nascosti l'erba misterina e il sofrolio, e nessuno riusciva a seguirla.

Anche Rasputin si dava da fare. Dal suo camino saliva al
cielo una perpetua nube di fumo fragrante, da cui piovevano
temporali di sughi. Di notte, lui e Caco uscivano con lo schioppo a tracolla. Si udivano fucilate e bramiti, e guaiti e rugli e
stridi di agonia, ma nessun guardiacaccia riusciva a sorprendere la coppia. Neanche Raffica il bracconiere era in grado
di seguirli, perché si infilavano in macchie e valloni inacces-
sibili. Sembravano svanire nel nulla, poi tornavano coi car-
nieri pieni. E una mattina all'alba Piombino rivelò di aver visto trascinare dentro alla trattoria il corpo di un animale gigantesco, in cui disse di aver riconosciuto un rarissimo rino-
ceronte bianco. Ma forse era il mitologico gargaleone, dalle
carni squisite.

Nella competizione per il miglior ristorante, la prima a segnare un punto a proprio favore fu Sofronia. Il giornale "Gustalligusta", il più autorevole del settore, mandò due redat-
tori travestiti da giapponesi. Tornarono entusiasti. A questo
punto era evidente che, per assegnare il giudizio finale, sarebbe arrivato il Re dei Gourmet, il temutissimo gastro-critico Alfio Taracco. Si sarebbe naturalmente presentato in in-

cognito, e Sofronia doveva essere pronta ad accoglierlo, perché solo lui poteva assegnare la quinta stella di eccellenza. E così il Fleur sarebbe diventato il primo ristorante patrio a essere insignito delle cinque stelle, uno dei pochi al mondo. Sofronia preparò il seguente

☙ MENU D'AUTUNNO ❧

Gnocchi di cimiteria al crescione
Tortelli di erba misterina e ricotta di pecapra
Frittata alle erbe aromatiche
Frittata Arcimboldo
Mousse di sofrolio alla Pigalle
Crema arcana ai quindici funghi
Ravanelli al cioccolato

E seguiva un'invitante ricetta:

GNOCCHI DI CIMITERIA AL CRESCIONE

Preparate gli gnocchi con la patata cimiteria, quella che cresce solo in pochissimi camposanti. Mondate e lavate il crescione, scartando le foglie più dure. Tritate il porro. Scaldate il burro in un padellino, unite il porro e fatelo ammorbidire, aggiungete poi il crescione e cuocetelo per 2 minuti, fino a quando sarà appassito. Frullate il tutto, versate il purè di crescione di nuovo nel padellino, unite la panna, la senape, salate e mescolate tenendo in caldo su fuoco bassissimo. Cuocete gli gnocchi, disponeteli sul piatto di portata a forma di croce e conditeli con la salsa al crescione e con erba misterina finemente tritata.

L'attesa non fu lunga. La sera successiva all'esposizione del menu, una macchina con autista si fermò nella piazzetta e ne scese una signora elegante e vistosa. Cappello a larga tesa con decorazione di uve e ribes, lunghi capelli neri, seni prorompenti e tacchi a spillo. Ma guardandola bene, si notavano una leggera peluria sulle guance, mal dissimulata dal fondotinta, e soprattutto due vigorosi polpacci da ciclista. Era Alfio Taracco.

La signora si presentò come contessa de Croissants. Sofronia la fece sedere e notò subito sul tavolo un piccolissimo carnet per prendere appunti. La contessa consultò la carta dei vini. Tra tanti vini pregiati italici, francesi e sudafricani, il suo dito indicò un Erborino della Cantina Trepalle, vino meravigliosamente intonato al primo piatto di gnocchi, e conosciuto solo dagli intenditori. Non c'era dubbio. Quella signora era Lui.

Alfio de Croissants assaggiò gli gnocchi di cimiteria e i tortelli all'erba misterina. Sembrò gradirli assai. Poi cambiò vino e gustò le due frittate, masticando lentamente per goderne tutte le sfumature erbacee. L'espressione del suo volto era sempre più soddisfatta. Ma quando assaggiò la mousse di sofrolio, chiuse gli occhi e sembrò veramente che stesse ascoltando una musica. In quel piatto c'erano tutta l'arte e il mistero della cucina sofroniana. Non resistette e chiese con voce in falsetto:

– Madame, ma cos'è questo sofrolio?

– Mi dispiace conte, pardon, contessa, ma una cuoca deve avere i suoi segreti...

– Giusto – disse Alfio. E da come mangiò l'ultimo boccone e sorrise, Sofronia capì che ormai la quinta stella era vicina.

Giunse la crema arcana ai quindici funghi. La contessa ne mangiò un cucchiaio. Roteò la posata in atto di gioiosa approvazione, poi, un po' brilla/o per il vino, chiese:

– Vediamo, madame. Io non sono un'intenditrice, ma voglio provare ugualmente a indovinare i componenti di questa sublime crema. Dunque, direi che ci sono... ovoli, porcini, cantarelli, chiodini... poi un poliporo piede di capra...

– Indovinato – disse Sofronia ammirata.

– Poi c'è il sapore di un sanguinello... una nuance di bubbolina... un agarico ametista, un augusteo... poi... le tre colombine, direi.

– Esatto. Una russola dorata, una russola maggiore e una russola di faggeta... e poi?

– Direi un *Lycoperdon*, ossia vescia... poi un muschiarello pignomo e poi...

– E poi?

Alfio delibò un'altra cucchiaiata e ammise:

– Beh, mi dia un aiuto. Ne ho indovinati quattordici, ma il quindicesimo è misterioso, proprio non riesco a indovinarlo.

– Oh, non è facile. È un fungo rarissimo... si chiama peveraccio solitario, o fungo eremita. Cresce solo nei luoghi più bui e segreti. È molto difficile da trovare. Ma soprattutto richiede attenzione e cautela. Perché è quasi identico a un fungo assai velenoso, il *Lactarius torminosus* o peveraccio delle coliche. Guai a confonderlo con quest'ultimo, che specialmente dalle nostre parti contiene una tossina micidiale... ma... cosa le sta accadendo?

La contessa Taracco, dopo aver emesso un rantolo penoso, si mise ad ansimare e sudare. Poi, sotto gli occhi di Sofronia, iniziò a gonfiarsi. Il reggiseno esplose sparando tutto intorno l'imbottitura di polistirolo, la parrucca schizzò via dalla testa enfia. Infine, con spaventosa sincronia, la contessa sparò un geyser di vomito verso il soffitto e un getto di merda verso il pavimento, e stramazzò esanime.

Cos'era accaduto? Ebbene, Rasputin aveva messo in atto il più crudele dei sabotaggi. Aveva corrotto la bella Barbara, assistente di Sofronia, millantando di poterla mandare in televisione a *Tegame mio*, la trasmissione di cucina della mattina. Poi le aveva consegnato un piccolo pezzo del diabolico fungo, convincendola a mescolarlo di nascosto alla crema.

– Non succederà nulla di grave, – le aveva mentito – solo una piccola colica.

– Non volevo avvelenare nessuno – disse Barbara tra le lacrime al brigadiere Di Zezo, incaricato dell'inchiesta. La bionda elfa non conosceva il potere maligno del peveraccio.

Tutto finì sotto silenzio. Alfio Taracco non poteva ammettere che un intenditore come lui avesse mangiato una crema con un fungo velenoso. Sofronia fu cancellata dalla guida del "Gustalligusta", ma pochissimi seppero il vero perché. E tra i pochissimi naturalmente c'era Rasputin. Sofronia non gli disse nulla. Solo qualche sguardo gelido, lanciato da una parte all'altra della piazzetta, mostrava che la guerra era giunta alla battaglia finale. Sofronia aspettava un'occasione per vendicarsi. E la ebbe presto.

Una settimana dopo, si venne a sapere che il presidente russo Putankov sarebbe stato ospite del premier patrio, per un piccolo affare di caviale, missili e oleodotti. Il presidente russo era accanito cacciatore e grande gourmet. Aveva sentito parlare della cucina di Rasputin e chiese di prendere una pausa, nel calendario degli incontri, per recarsi al celebre Carnaza.

Rasputin preparò questo

༄ MENU D'OTTOBRE ༄

Tagliatelle con ragù di cinghiale
Lepre con polenta
Quaglie alle ciliegie
Beccaccia in salmì
Risotto di rane zoppe
Gargaleone alla Lenin
Pasticcini al Madera

E fece seguire la sua terribile ricetta:

RISOTTO SADICO ALLE RANE ZOPPE

Pulite e spellate le rane, lasciandole vive, poi lavatele accuratamente. Usate solo le cosce, alle quali sfilerete anche l'os-

sicino. Mettete in una casseruola tre cucchiaiate di olio d'oliva, unite il prezzemolo tritato, le carote, una cipolla e il sedano tagliati a pezzetti, sale e pepe. Lasciate ben soffriggere questi ingredienti, indi unite le cosce di rana, incoperchiate e cuocete a moderato calore mescolando di tanto in tanto, sotto gli occhi delle rane mutilate. Mezz'ora prima di pranzo mettete in una casseruola una cipolla affettata, unite poco olio, fatela soffriggere, indi aggiungete il riso e lasciatelo tostare, bagnandolo con mezzo bicchiere di vino bianco. Portate il risotto a cottura, poi unitevi il prezzemolo rimasto e dopo qualche minuto anche le cosce di rana con il loro sugo e il burro fatto appena fondere. Poi dite alle rane: su, se volete adesso potete riprendervi le vostre cosce. Non appena saranno entrate nel risotto, portate a termine la cottura. Versate il risotto su un piatto di portata, meglio se caldo, e servitelo con parmigiano grattugiato.

E il gran giorno venne. Sei auto blu si fermarono davanti alla trattoria. Rasputin, per una volta agghindato con cappello da cuoco e grembiule bianco, fece accomodare il premier, il presidente russo e la scorta. Dalle finestre del Fleur, Sofronia osservava la scena.

Il pranzo iniziò con grandi brindisi e bicchieri che volavano in pezzi. Rasputin si rivolse al presidente in uno strano dialetto russo. Il premier raccontava barzellette penose e tutti facevano finta di divertirsi. Putankov mangiava a quattro palmenti. Sbafò le tagliatelle, rase al suolo la lepre, schiantò le quaglie compresi gli ossicini, e giustiziò la beccaccia accompagnandola con un'orribile mistura di vodka e vino bianco. Ma il momento clou doveva ancora venire. Era risaputo che Putankov e il premier erano particolarmente ghiotti di giovani rane, e aspettavano il risotto sadico. Quando arrivò la grande zuppiera coperta, portata da Caco, scoppiò un applauso. Per Putankov la zuppiera sembrava la cupola di

177

Sant'Isacco a Pietroburgo. Per il premier, il culo di una nota attrice. Caco scoperchiò la zuppiera e...

E fu l'inferno. Un centinaio di rane spellate e bollenti, ma vive e incazzate come vipere, attaccarono i commensali. Alcune gli saltarono in faccia, altre dentro alle camicie, altre ancora direttamente in bocca, soffocandoli. Una particolarmente cattiva e arroventata saltò in testa al premier e gli incendiò la capigliatura sintetica, un'altra grossa come un rospo si tuffò nelle braghe di Putankov e gli lessò i marroni. La scorta sparava, le rane rimbalzavano dappertutto ed esplodevano in schizzi verdi, il tavolo crollò e il risotto inondò la stanza. Quando il combattimento fu finito, cento rane erano morte, ma due uomini della scorta erano gravemente feriti, il premier era scotennato e Putankov aveva riportato ustioni scrotali di terzo grado.

I giornali furono invitati a non pubblicare la notizia. Ne andava della dignità delle istituzioni patrie ed estere. Ma noi fummo edotti su tutti i particolari. Sofronia si era vendicata. Aveva corrotto Caco, promettendogli in sposa Bietola, di cui il gigante era innamorato. Caco, all'ultimo momento, aveva aggiunto al piatto un gruppo di rane vive spellate e lessate solo a metà, e aveva scatenato la loro ultima furibonda collera contro i commensali. Non poteva immaginare una simile catastrofe. Venne mandato a cucinare in una base artica in Siberia. Il ristorante di Rasputin fu chiuso.

Qualche notte dopo, Sofronia vagava per i boschi, come una sonnambula. C'era luna piena e i cani ululavano. Avrebbe dovuto essere lieta della sua vendetta, ma qualcosa le opprimeva il cuore. Non era felice. Camminava sull'umido tappeto di foglie, quando sentì una voce cantare. Era una voce roca e cavernosa, ma la canzone era piena di nostalgia e dolcezza. Così seguì la melodiosa traccia e vide Rasputin che, appoggiato a un albero, cantava accompagnandosi con la balalaika. Si fermò, temendo la reazione dell'orco. Quello infatti balzò verso di lei. Sofronia tentò di fuggire, ma lui la agguantò e la stritolò in un abbraccio.

Non era un abbraccio di vendetta. Era affettuoso.

– Sofronia, vecchia troia vegetariana, – disse Rasputin – sei grande! Solo tu potevi inventare il trucco delle rane roventi.

– Ma allora non sei arrabbiato?

– Arrabbiato? Non mi sono mai divertito tanto in vita mia. Vedi, io odio il vostro premier e quel corrotto Putankov. Odio tutti i potenti russi da quando... ma questa è una vecchia storia. Quando mi annunciarono la loro visita, pensai a come sistemarli per bene. Poi mi accorsi che tu e Caco stavate tramando qualcosa. Così dissi: lasciamo fare alla vecchia Sofronia. Si prenderà lei tutte le colpe.

– Maledetto pazzo cannibale, – disse Sofronia – così sapevi tutto.

Voleva essere arrabbiata, ma non ci riusciva. E gli occhi di brace di Rasputin brillavano nella notte, infondendole uno strano languore.

– Amica mia, – disse Rasputin con tristezza – noi siamo gli ultimi artisti. Noi due, e poi Ouralphe, Blaise Petitveau, Cherubini, Jean Usai, gli ultimi grandi cuochi che lavorano guidati dalla passione. So benissimo che il sofrolio non esiste. Sei tu, che riesci, mescolando vari sapori di verdure, a dar vita a un sapore nuovo. Come un pittore fa coi colori. E anche il mio gargaleone è una composizione, è la tavolozza dei sapori carnosi che lo crea. Il suo ghigno di creatura inesistente è come il sorriso della Gioconda. Ma siamo vecchi, amica mia, siamo sorpassati. Metà del mondo mangia troppo. Dobbiamo continuare a preparare manicaretti per loro? E l'altra metà non ha da mangiare. A che serve la nostra arte, quando a loro basterebbe un tozzo di pane?

– È vero, Rasputin. Anch'io sono stanca. E credo che tu sia un grande artista, e nel segreto del mio cuore ti ho sempre rispettato, anche se uccidi animali. In fondo, noi siamo due aspetti del grande mistero della natura.

– Sì, Sofronia, – disse Rasputin, stringendola a sé – o tu che hai gli occhi blu come la femmina del gargaleone.

E non parlarono più.

Quella notte nel bosco si consumò il loro amplesso, tra il profumo delle fragole e i commenti delle civette guardone. Mai notte d'amore fu più calda e saporita, mai si vide un tale menu di posizioni, mai tante ghiotte combinazioni di sospiri e grida.

All'alba, nudi e un po' rossi per il rotolamento sulle ortiche, erano ancora abbracciati. Rasputin raccontò a Sofronia la sua incredibile vita, e Sofronia con voce melodiosa dedicò all'amante una dolce serenata:

Sei caldo come l'orso siberiano
Ma come lui sei grosso, perciò vacci piano.

Quindi Rasputin disse: – Sofronia, io parto domani per paesi lontani, il Gargakistan o la Drakulia. Vuoi venire con me?

Sofronia rispose: – Sei un gran bel tipo e hai un bel mattarello, ma io non sono fatta per i viaggi, sono una pianta da erbario. Resterò qui.

– Capisco, – disse Rasputin – nel mondo c'è chi sta fermo e chi cammina.

– Sì. E c'è chi cammina ma non vede mai niente, e chi sta fermo ma vede tutto quello che sta intorno – rispose lei.

I due camminarono fino al limitare del bosco, mano nella mano. Poi Sofronia disse a Rasputin:

– Ho un regalo per te. È un fagottino di lavanda, da tenere in tasca. Anzi, un fagottone. Non te l'ho mai detto, ma puzzi come un formaggio di fossa.

– Anch'io ho un regalo per te, – disse Rasputin – è un foglio con una ricetta. Non te l'ho mai detto, ma il tuo menu è più adatto alle mucche che agli umani.

La mattina dopo Rasputin sparì. Qualcuno dice che sia tornato nel suo paese lontano, a fare il pane per i poveri. Per qualcun altro è diventato il capo di una tribù di indigeni del Mato Grosso, che talvolta usa le tribù vicine come pietanza.

Non avemmo più notizie del cuoco dagli occhi di brace. Ma le mamme lepri raccontano ancora ai leprotti la favola dell'orco dalla barba nera. E qualcuno ricorda le sue leggendarie ricette. Adesso Sofronia ha una minuscola trattoria a prezzi bassi. Cucina sempre le sue verdure, ma nel suo menu c'è anche un piatto di carne, il pollo alla Rasputin.

E se qualcuno le chiede:

– Come mai questo piatto anomalo? E soprattutto, chi era Rasputin?

Lei con dolcezza risponde:

– Era uno che si faceva i cazzi suoi.

Parte terza

Il trisogno e la lettera fatale

Il Nonno Stregone si ritrovò sulla strada di casa un po'
barcollante. Vino e fumi lo avevano stordito. Ormai era notte. Le stelle erano velate e tremolavano, come avessero bevuto alcol cosmico e spezie galattiche.

A metà della camminata, il nonno ebbe l'impressione di
essere seguito.

Si voltò e vide la Mannara, con il suo corteo di cani.

– Cosa fa qui a quest'ora, signora? – disse il nonno.

– Faccio un giro – ghignò la vecchia. – Mi piace passeg-
giare di notte. Sono tutta nera e nessuno mi vede...

– E non ha paura?

– I cani mi proteggono. E poi non temo il buio. E nemmeno i fantasmi. Tu credi ai fantasmi, vecchio mio?

– Beh, dipende, – disse il Nonno Stregone – con questa
luna potrei anche crederci. E lei cosa ne pensa?

– Io vivo in mezzo a loro, – disse la vecchia – e so bene
come funziona. Parlare coi fantasmi non è facile...

– Perché?

– Come fai a sapere se stai parlando di fantasmi con una
persona reale o con un fantasma? – sogghignò la vecchia. – E
come fai a parlare di sogni ed essere sicuro che non stai so-
gnando? Lo sai cos'è un trisogno?

– No. Ma perché mi dice questo, signora Mannara?

La Mannara non rispose. Aprì il mantello e si mise a battere le ali. Era una Mannara pipistrella dagli occhi fiammeggianti. Lanciò un fischio e apparvero i suoi cani che trainavano una slitta. La vecchia ci saltò sopra e volò via nel cielo, sghignazzando come un demoniaco Babbo Natale.

Il nonno si svegliò con un sussulto. Era ancora al tavolino del bar.

– Dopo il racconto ti sei addormentato di colpo, – disse Alice – non abbiamo voluto svegliarti.

– Ho bevuto troppo, – rispose lui – ho avuto un incubo. Beh, adesso vado...

– Se io ti lascio andare – disse Alice con voce irriconoscibile, e il suo volto angelico si trasformò in quello rugoso e beffardo della Mannara, che gli si sedette sulle ginocchia. Faceva una gran puzza di cane.

– Baciami, bel vecchietto, mi ricordi tanto Gregory Peck.

– Signora, per favore...

– Non si può uscire dai sogni, anzi dai trisogni, quando si vuole. Non scriviamo noi il copione. Ma visto che mi sei simpatico, ti lascerò andare. Attento, però: quando ti sveglierai scoprirai qualcosa che non ti piacerà. Sei sicuro di volerlo fare?

– Sì – gridò il nonno, e si svegliò. Aveva in grembo Merlot. Ecco il perché dell'odore di cane.

– Ragazzi, – disse ai giovani che lo guardavano – lo so che non sono un buon esempio, ma andateci piano a bere. Ho appena avuto due incubi uno dopo l'altro...

– Facciamo tre, se no che trisogno è? – disse Merlot ghignando, con uno scialletto nero in testa.

– Basta – urlò il nonno, e questa volta si svegliò davvero.

Era nel suo letto, e dalla finestra veniva la luce di un nuovo mattino.

Ma il trisogno gli aveva messo addosso una grande inquietudine. Mise in atto quasi tutte le ventisette azioni della civiltà umana, indossò due calzini quasi uguali e uscì.

C'era un silenzio irreale. Mentre camminava, sentiva il rumore del suo respiro e lo scorrere del fiume nella valle. Anche il ronzio di un'ape intorno a un glicine che sporgeva sulla strada. E una caffettiera che bolliva, dietro la finestra di un secondo piano.

Vide su un muro una vecchia scritta di Melone:

Corri che sei primo perché sei solo.

Con duecentonovanta passi, quindi di gran lena, si recò al bar e lo trovò chiuso.

La serranda era abbassata, i tavolini impilati uno sull'altro. Era uno spettacolo inatteso. Il bar non chiudeva, neanche a Natale e Ferragosto.

Gli venne incontro Merlot. Sembrava agitato ed emetteva uno strano guaito:

– Oe aiiii... oa è ueooooo? – sembrava chiedere in canile vocalese.

– Non lo so come mai e cos'è successo, Merlot, adesso cerchiamo di capire.

Davanti al bar c'era Archivio sulla carrozzina. Aveva dormito lì tutta notte, non ce la faceva più a tornare a casa. Trincone lo aveva coperto con una tovaglia. Attaccata alla serranda c'era una lettera.

Cari amici,
me ne vado, ho bisogno di pensare. Prendetemi pure in giro, dite che io non penso mai.
Ma qualche volta bolle la testa anche a me.
Mi hanno offerto un sacco di soldi per il Bar Sport. E mi lascerebbero gestire il nuovo bar dentro al supermercato. E potrei metterci le slot machine e un megaschermo per vedere le partite a grandezza naturale. E Zeilene mi farebbe da promoter e potrei organizzare altre attività, per esempio una vendita di prodotti tipici e magari un ristorantino.
Certo, al bar ci tengo. Mi sono fatto un culo così per man-

darlo avanti. Era il bar di mio nonno e di mio padre. Cazzo, ho le idee confuse. A volte penso che la vita sia come un treno, che te viaggi sul vagone di mezzo. All'improvviso i vagoni di dietro frenano per fermarsi e quelli davanti accelerano. Il passato e il futuro ti tirano da due parti diverse. Ti spacchi in due, e non sai cosa fare.

Abbiate pazienza. Vado due giorni al mare. Io al mare non ci vado da quando avevo dieci anni che bevevo solo un litro al giorno (di vino, non di mare). Penso che l'oceano vasto e terribile sia sempre lì al suo posto. Lui sa sempre cosa fare, se stare calmo o in tempesta.

Forse così riuscirò anch'io a calmare i moti del mio cuore.

Non temete, tornerò presto. Comunque la chiave l'ho data a mio fratello il Toro. Se volete entrare per bere, fate pure.

Ho sempre pensato che la vita è come il vino: si vede subito la differenza tra il buono e il cattivo. Adesso so che è più complicato. E se io avessi dentro del vino guasto?

Statemi vicini in questa difficile ora.

Il vostro amico oste Trincone

Il Nonno e il professor Micillo rilessero la lettera con attenzione. Intanto arrivarono Alice in bicicletta e Ispido con un inutile pezzo di ricambio per la macchina espresso.

Anche loro guardarono il bar ed ebbero la stessa impressione. Sembrava chiuso da cent'anni, inabissato. Ci mancavano solo i branchi di pesci e le ostriche incrostate.

– Cosa ne pensi di questa lettera? – chiese il nonno al preside.

– Non è tutta di Trincone. Parole come "promoter", "oceano vasto e terribile", "moti del mio cuore" non rientrano nel suo stile – sospirò Micillo. – L'ha scritta uno che prendeva almeno sei e mezzo in italiano.

– Anche Giango è partito con lui, – disse Piombino dai

rami del noce – li ho visti andarsene stamattina all'alba, con le valigie.

– Ma Merlot è qui. Perché non lo hanno portato con loro?

– I ao aaoaoooo – gagnolò Merlot.

– Dice che lo hanno abbandonato – disse il nonno. – E tu come hai fatto a vederli?

– Sono stato tutta notte qui sull'albero. Mio zio è ubriaco e non mi andava di stare in casa.

– E sei stato lì da solo? – chiese Alice.

– No, sono venuti gli gnomi.

– È vero, li ho visti anch'io – disse Archivio, riemergendo dal sonno.

– E cosa ti hanno detto?

– Che sto per morire – disse Archivio con una risata. – A proposito, c'è qualcosa di strano nel bosco. Non si sentono le ruspe lavorare.

– Buon segno?

– No – disse il nonno, annusando l'aria.

In quel momento la videro. Era a pochi metri da loro. La più grossa istrice che avessero mai visto. Drizzò le lance degli aculei, come la creatura leggendaria detta marticora.

Cosa ci faceva così lontana dalla sua tana, a quell'ora? Forse, come un pellerossa Pawnee, era venuta a scagliare le sue frecce contro l'uomo bianco. Ma l'istrice non voleva attaccare nessuno. Lanciò un grido penoso, e scomparve nell'erba alta.

– Sta scappando, è terrorizzata – disse il nonno.

Videro il fumo salire tra gli alberi del bosco. Avevano appiccato il fuoco in quattro punti diversi. Le fiamme erano più rapide e letali delle ruspe. E dal fumo si videro quattro piccole figure scappare. Avevano lunghe barbe bruciacchiate.

– Cercatori di funghi – disse Alice.

– Gnomi, – disse Piombino – e se vuoi ti racconto cosa vorrebbero dirci.

Il racconto dello gnomo

– Malditos humangi a vos maldittu – disse il primo gnomo.

– Tursitu tremitu hondu holtu ninctu nepitu sunitu sauitu preplohotatu preuislatu tursa iouia futu fons pacer pase tua pople totar iouinar tote iouine... – disse il secondo gnomo.

– Humangi, – lo interruppe il terzo – quarco malditto prole devaka sta focando li arboli, nustrika masones. Peste sifilide colita amanita e raspa marronera a lori.

Meo nomen est Kinotto, mei compari songo Kapaneo y Kapakorta. Please, helpenos, aiutake. Dos mille de anos ki viviam in des arboles sin far mal a ninguno. Ora xi todo infoca, dovak andibimur? No gusta finir noxtra esistencia komo nanos de terracota in voxtrikos gardens. Nemhanko finir in muxeo komo parvus arboriculus or miniyetus apeninicus o altrixe demoniaciones. Ave vous komprì? No?

– Signori, – disse il quarto gnomo – capisco che abbiate difficoltà a intendere lo gnomese antico e moderno, quindi parleremo umano. Vi prego, aiutateci a spegnere l'incendio. Sapremo ricambiare, anche se tra gnomi il bene si fa senza ricompensa. Vorrei raccontarvi una breve storia.

Una tribù di gnomi, i Pignomi naso a pigna, vivevano felici in un bosco. Avevano tane sotterranee assai confortevoli, con doccia di brina e un perfetto sistema fognario. Il bosco era ricco di fragole, castagne, funghi e corteccia, che per noi è un pregiato tabacco. Ognuno di noi aveva una volpe o un cinghiale da cavalcare, i più ricchi un cervo, i più poveri un porcospino. Insomma, nulla mancava.

Ma un giorno, inseguendo un tasso che gli aveva rubato le mutande, uno gnomo, il pignomo Kalbabà, scoprì in una caverna una vena d'oro.

Arrivarono nel bosco dei pignomi i più sordidi cacciatori di tesori.

I nani pelati, infelici e avidi.
Gli elfi gioielloni, sempre alla ricerca di nuovi monili.
Gli orchi tarocchi, grandi commercianti.
I sucaferru, ghiotti di ogni tipo di metallo prezioso.
I troll di Wòlstrìtt, bari, giocatori, puttanieri e usurai.
Arrivarono Trincone Carogna e Vasko Intasko e Raider Artiglio e altri avventurieri. E arrivò la Manoverde, terribile mafia di rettiliani.

In poco tempo il bosco fu pieno di scavi e macchine ed empori e saloon. Una piccola parte degli gnomi fece affari. Ma la maggior parte fu costretta a lavorare duramente in miniera.

E scava, scava, una notte una galleria franò e morirono sepolti cinquanta gnomi, due troll e dodici talpe.

Intanto l'acqua era inquinata e le fragole sapevano di zolfo, e i funghi crescevano neri e bitorzoluti da fare schifo.

Allora gli gnomi si resero conto di cosa era accaduto al loro bosco, ma era tardi.

Uno di loro disse: – Per una volta dobbiamo imparare dagli umani. Essi hanno una cosa che si chiama Eccologia. Ogni qualvolta si fa qualcosa contro la loro terra, subito gli umani dicono: ecco, ci vuole l'Eccologia, e la tirano fuori per impedire lo scempio.

– Ma la terra degli umani sembra conciata peggio della nostra – disse uno gnomo.

– Evidentemente noi non capiamo come funziona, ma questa Eccologia è sicuramente una bella cosa. Quindi andiamo da loro e chiediamo se ce la prestano, o ce la insegnano.

Lo gnomo andò, vide le città degli uomini, studiò la situazione, tornò e disse:

– Ragazzi, non ho capito bene cos'è questa Eccologia, anzi Ecologia, con una ci sola. È una divinità che viene sempre tirata in ballo, ma conta meno di un industrialotto locale, e la usano anche per vendere le merendine. Tutti la nominano, ma pochi ci credono, e quasi nessuno perderebbe un piccolo privilegio in suo nome. Gli umani sono a un passo dalla catastrofe. Teniamoci le nostre tane e nascondiamoci sotto terra.

Così fecero.

Gli gnomi Pignomi esistono ancora. E sapete qual è il segreto? Invece dell'ecologia, usano la stoquilogia.

Amano il posto dove stanno, il segreto è tutto qui. Ma praticano anche la vieniquilogia, accolgono con gentilezza chi chiede ospitalità. E la vadovialogia: se cambiano posto, amano quello nuovo. Il consiglio che vi do è questo: se il bar sparirà, cercate un altro posto per stare insieme. E soprattutto non perdete mai la speranza. E dont ghivapp ior lov. Non rinunciate a ciò che amate.

A queste ultime parole Trincone Toro e Archivio scoppiarono a piangere.

Trincone sollevò la carrozzella di peso e abbracciò Archivio senza neanche farlo scendere.

– Cosa succede? – chiese Alice.

– Mi è tornata in mente la storia del mio caro fratello... – disse Trincone con voce rotta. – Nonno, raccontala tu, io non ci riesco.

Trincone l'Amoroso

Orfeo Trincone detto l'Amoroso era assai diverso dalla sua schiatta. Gli altri fratelli erano corpulenti, beoni, chiassosi. L'Amoroso era magro, pacato, gentile. Beveva tamarindo e sambuca e cercava una sola cosa: l'amore.

I fratelli erano scuri e barbuti, lui biondo e glabro. Questo aveva fatto nascere qualche sospetto sulla mamma, Calliope Gatti in Trincone, e sul periodo da lei trascorso come cameriera in Germania.

Trincone l'Amoroso faceva il maestro elementare ed era molto amato da metà dei suoi scolari, mentre l'altra metà lo considerava un perfetto coglione.

Quando leggeva in classe una bella poesia d'amore infelice, piangeva.

Le sue preferite erano *A Silvia* di Giacomo Leopardi e *Insieme a te non ci sto più* di Vito Pallavicini.

Trincone l'Amoroso andava a insegnare ogni mattina in treno, in un paese vicino. E destino volle che, un giorno di primavera, il convoglio rallentasse a una stazione intermedia.

Qui la ferrovia sopraelevata passava proprio davanti a una casa rosa.

Il vagone di Trincone si fermò all'altezza del secondo o terzo piano.

Sul terrazzo della casa, una ragazza annaffiava i fiori.

Aveva gli occhi azzurri come le campanule, la bocca rossa come i gerani e una deliziosa peluria sulle braccia come il rotondo cactus che stava curando.

Trincone restò senza fiato.

Il vagone ripartì. Tutto era durato non più di pochi secondi, ma Trincone l'Amoroso era sicuro.

Era lei l'amor cercato ora trovato.

Trincone tornò a casa e non riuscì a dormire.

La mattina dopo chiese un mese di aspettativa dal lavoro.

Riprese il treno alla solita ora, ma quello sorpassò rapido la stazione. Scorse in un fuggente attimo il terrazzo, ma non riuscì a vedere il suo amorcercato oratrovato.

Così per tre giorni.

Ma il quarto giorno il treno rallentò di nuovo e lui rivide la ragazza tra campanule, gerani e cactus. Non annaffiava, ma stava coi gomiti appoggiati alla balaustra e guardava lontano. Il vento muoveva una ciocca di capelli sul suo viso.

Trincone aprì il finestrino, ma il treno subito ripartì.

Il giorno dopo ebbe miglior sorte. Per un fortunato guasto a uno scambio, il treno addirittura si fermò alla stazioncina.

Lei era lì, annaffiava e cantava.

Trincone aprì il finestrino e la contemplò tremando. Erano a meno di cinque metri di distanza, in un delizioso profumo di banlieue. Lui non sapeva cosa fare, lei lo aveva notato ma faceva finta di niente. Infine lui gridò:

– Vado bene per la stazione?

Lei lo guardò con stupore. Poi disse con dolcezza:

– Se non scende dal treno, sì.

Anche quella notte Trincone l'Amoroso non dormì. Che brutta figura aveva fatto! Pensò che doveva subito agire, e dichiarare il suo sentimento appena nato ma già sconfinato all'amatacercata oratrovata sul terrazzo fiorito da lei annaffiato.

La mattina dopo, era domenica, scrisse una poesia d'amore su un foglietto e confezionò un aeroplanino.

Lunedì, quando passò davanti alla casa rosa, lo tirò ma gli tornò indietro.

Martedì la poesia volante si impennò, cabrò e prese in un occhio il bigliettaio.

Mercoledì c'era vento e l'aeroplanino poetico sorvolò la casa rosa e atterrò su un terrazzo limitrofo. Quelle parole furono lette da una zitella di ottantasei anni che morì felice sei mesi dopo, con la lettera sul cuore.

Giovedì l'aeroplanino fu preso al volo da un gabbiano, per di più analfabeta.

Venerdì finalmente l'aeroplanino cadde sul terrazzo.

Ma Trincone vide la ragazza ridere e rilanciarlo nell'aria senza leggerlo.

Sabato lanciò venti aeroplanini tutti in una volta, ma c'era maltempo e tutti si schiantarono fradici al suolo, e le loro parole svanirono come lacrime nella pioggia.

Domenica c'era sciopero dei treni.

Trincone l'Amoroso allora si confidò con il fratello Trincone Toro, a quel tempo giovane manzo e gran seduttore. Disse che aveva trovato l'amorcercato ma non sapeva come contattarlo.

– Ma dove l'hai conosciuta?

– In treno.

– Avete parlato?

– No, eravamo troppo lontani.

– In due vagoni diversi?

– No, io nel vagone, lei sul terrazzo di casa sua.

Trincone Toro non si stupì troppo. Conosceva la stranezza del fratello.

Ci pensò un po' su, poi disse:

– Non hai mai pensato di scendere in quel paese, trovare la casa, suonare il campanello e presentarti?

– Fratello caro, – disse commosso l'altro – tu sì che conosci tutti i segreti dell'amore. Grazie, grazie, lo farò.

Lunedì, Trincone l'Amoroso cercò di leggere sull'apposito cartello segnaletico il nome del paese, ma il treno andava troppo forte.

Martedì si sporse dal finestrino, immemore del wagneriano divieto keine gegenstände aus den fersten werfen, ma non ci riuscì.

Mercoledì lesse con chiarezza: la stazioncina intermedia si chiamava Pianginestra. O leopardiano presagio!

Giovedì prese nota che la casa dipinta di rosa stava vicino a un supermercato.

Venerdì vide che la casa era riconoscibile da un cipresso nel giardino. O carducciano segno!

Sabato andò dal barbiere.

Domenica fece il bagno.

Era pronto per la presentazione ufficiale

Lunedì andò nel paese con la corriera, ma seppe che c'erano due frazioni: Pianginestra di Sotto e Pianginestra di Sopra. Lui era Sotto, la stazione stava Sopra.

Martedì cercò il supermercato, ma c'erano sei supermercati.

Mercoledì esaminò i dintorni di ognuno, ma non trovò nessuna casa rosa.

Giovedì scoprì che c'era anche un settimo supermercato.

Venerdì trovò la casa rosa, vide il terrazzo fiorito della sua bella e si segnò i nomi scritti sul campanello.

BIANCHI
SPERANDIO
VACCA
MANZONI

SECCHI
ROSELLA
BENTIVOGLIO
YAO MING
GIACOMI
NEMBI

Sabato fece un'analisi condominial-cognominale.
BIANCHI non poteva essere il suo amore, troppo banale.
SPERANDIO, troppo curiale.
VACCA, va bene il contrappasso ma era troppo.
MANZONI non era il suo autore preferito.
SECCHI non andava d'accordo con l'idea dei fiori.
ROSELLA, troppo melenso.
BENTIVOGLIO, troppo ruffiano.
YAO MING, troppo esotico.
GIACOMI! Ecco un altro leopardiano presagio. Era quello il campanello.
E NEMBI al piano di sopra. Perché su ogni amore incombe la nera nuvola della delusione e dell'abbandono.

Domenica, Trincone l'Amoroso lesse dodici libri di poesie, compreso il *Dizionario delle frasi d'amore*, per esser pronto con eventuali citazioni.
Lunedì si presentò alla casa rosa e suonò al campanello GIACOMI.

Chiese emozionato:
– C'è la signorina che annaffia i fiori?
Una voce di uomo rispose:
– Vaffanculo te e i testimoni di Geova.
Pazienza. Non sempre il nome si adatta all'idea.
Allora suonò da BIANCHI.

– C'è la signorina che annaffia i gerani?

Rispose una voce:

– No, il terrazzo l'abbiamo affittato a quattro studenti, ma tutti maschi.

Allora suonò da SPERANDIO.

– C'è la signorina che annaffia i gerani?

– Nessuna signorina, – rispose una voce sospettosa – siamo solo io, mio marito e i nostri tre mastini.

Allora suonò da VACCA.

– C'è la signorina che annaffia il cactus?

– No, ma salga pure che al suo cactus ci penso io – disse una voce sensuale.

A volte il nome si adatta all'idea.

Martedì fece il secondo tentativo.

Suonò il campanello MANZONI.

– C'è la signorina?

– Guardi, – disse una voce di donna – se vuole mia figlia maggiore adesso abita a Como con il marito ma sta per separarsi lui è un buono a nulla glielo aveva detto io, se invece cerca la Tatiana quella è sempre in giro a far vedere le tette dice "signora vado a far la spesa" e poi sta via delle ore che mi aveva avvertito mia sorella non fidarti delle ucraine che lei ne ha avuta una per tre anni e le ha rubato la collana di nostra madre, se invece cerca la signorina che viene a dare lezioni di piano a mia figlia minore beh poverina questo sabato ha preso una buca con la bicicletta è caduta e si è tagliata la faccia che già non era bella prima e adesso è all'ospedale col collare che la devono imboccare, se invece per signorina intende mia figlia minore è a scuola è venuto a prenderla il suo amico Tonio che ha quindici anni come lei ma è alto uno e novanta io non so cosa mangiano 'sti ragazzi ma a me lui non piace niente secondo me si droga e poi si figuri l'ha convinta che devo comprarle il telefonino nuovo ma io le chiedo ma noi come facevamo senza telefonino alla loro età, io dico proprio che non si accontentano mai si figuri che ieri la figlia di una mia amica... ma a proposito lei chi è?

Allora suonò da SECCHI.

– C'è la si...?

– Non compriamo niente.

Suonò ROSELLA.

– C'è la signorina?

– Sono solo in casa, – disse una voce di bimbo – lei sa come si carica una pistola?

Suonò BENTIVOGLIO.

– C'è la signorina?

– Lei campanello sbagliato, qua Yao Ming, niente signolina solo bolsette donna...

Suonò YAO MING.

– C'è la signorina...

– Vada a 'fanculo lei e quei cinesi del cazzo!

Mercoledì tornò alla casa, pieno di speranza e apprensione. Rimaneva solo Nembi.

Suonò ma non risposero.

Giovedì torno e suonò di nuovo. Nessuna risposta.

Un vecchietto passò e disse:

– Guardi che se cerca Nerio Nembi è morto da un mese, era un mio amico. Vuol vedere la casa?

Venerdì, Trincone restò tutto il giorno a pensare: perché il suo amorcercato oratrovato sembrava già perduto? Dove aveva sbagliato?

Sabato tornò a Pianginestra e notò qualcosa: nel giardino della casa rosa da lui individuata non c'era il cipresso! E sul terrazzo non c'era nessun cactus. È proprio vero che l'amore acceca.

Allora chiese a un vigile:

– Scusi, ma quante linee ferroviarie passano di qua?

– Due, – rispose il vigile – la nuova, che sta là a monte, e la vecchia regionale che passa di là, dietro la chiesa.

Trincone controllò e scoprì che lui era sempre transitato sulla vecchia linea, davanti alla vecchia stazioncina. E scoprì un nuovo vecchio supermercato. E vicino una casa rosa. Con un cipresso in giardino. E un terrazzo con campanule, gerani e un rotondo cactus. E sul campanello c'era scritto:
PIANO TRE. MAITROVATO SILVIA.

Domenica, Trincone l'Amoroso fece la doccia con una confezione da mezzo litro di bagnoschiuma al mango.

Lunedì suonò al campanello e disse:
– C'è la signorina?
– Quale signorina? – disse una voce incantevole.
– Quella che annaffia i fiori...
– Ma scusi, lei chi è?
– Lei ha campanule, gerani e un *Echinocactus grusonii* sul terrazzo?
– Ebbene sì...
– Beh, io sono... sono della commissione provinciale Bei Terrazzi. Lei ha vinto un premio per il più bel terrazzo condominiale.
– Ma è una bellissima notizia! – disse ridente la voce. – Qual è il premio?
– Una cena gratis in un ristorante, da ritirare domani.
– Che bello. Io adoro i fiori, ma non mi avevano mai dato un premio...
– Allora verrò domani alle otto...

Ma l'indomani Trincone l'Amoroso, per lo stress e il turbamento, si ammalò con quarantadue di febbre. Nel delirio suonava campanelli immaginari, lottava contro uomini-cactus e gridava "Silvia, Silvia". Cercò più volte di alzarsi dal letto, ma stramazzò.

Si riprese solo la domenica dopo.

Lunedì c'era sciopero dei treni, delle corriere e un ingorgo sull'autostrada.

Fece quaranta chilometri in bicicletta con un gigantesco mazzo di rose in mano.

Si presentò davanti al campanello e stava per suonare, ma...

Uscì Silvia, a braccetto con un giovanotto bello, anche se un po' gobbo.

Sentì lei che diceva a lui:

– Ti ho conosciuto da tre giorni, Giacomo, ma mi sembra di amarti da una vita.

E lui le rispose:

– Anche per me è così. Il nostro amore è come un bel fiore da coltivare.

Trincone allora raggiunse la ferrovia, si sdraiò sulle rotaie e attese.

Era lì disteso con le lacrime agli occhi e aspettava il treno, che come sempre era in ritardo.

Alzò la testa per vedere se il maledetto convoglio era in arrivo e vide, dall'altro lato della ferrovia, una casa azzurra. Sul terrazzo c'era una ragazza ancora più bella di Silvia, che annaffiava gerani in reggiseno e cantava come un usignolo:

Quanto vorrei sposare
Un maestro elementare.

Lui si mise seduto sulle rotaie e le sorrise. Lei contraccambiò il sorriso.

Ma il treno arrivò a tutta velocità e lo tagliò in due.

La metà inferiore camminò pensosa tutta la sera, calciando barattoli, poi si inumò in un cassonetto.

La metà superiore scrisse sul muro la frase:

O voi felici che non sapete
Quanto amore ancora avrete.

E morì, col mazzo di rose in mano.

Trincone l'Amoroso era un poeta. Come tutti i poeti, amava la gioia degli altri, ma ne voleva un pezzetto anche per sé. Era buono, generoso e sfortunato. Non lo dimenticheremo mai.

La gita al mare

Dopo il racconto dell'Amoroso ci furono una serie di eventi inattesi, minacciosi, inusuali, portentosi e tali da esaurire il campionario dei nostri aggettivi.

Uno, una gigantesca gru marca Vulture Ltm da quattrocento tonnellate, alta il doppio del campanile, sovrastò minacciosa il bar.

Due, arrivarono gli pneuantropi, gli uomini dei martelli pneumatici, riconoscibili dalle orecchie a cavolfiore, modellate dalle cuffie antisuono.

Tre, un convoglio speciale portò dentro al cantiere la Tavola di Dio. Ovvero, un cartellone pubblicitario alto e largo come un campo di calcio. Ma era imballato, e nessuno riuscì a sapere cosa riguardava.

Quattro, venimmo a sapere che Trincone il Nero aveva comprato un camper con cucina ed era partito per vendere piadine alle Maldive.

Cinque, i fantasmi del castello, esasperati dall'incuria in cui era tenuto il loro habitat, si unirono in sindacato e indissero uno sciopero di tre giorni garantendo comunque le apparizioni di mezzanotte.

Sei, il dottor Fabian ci confidò che Archivio era molto malato e aveva poco da vivere.

Sette, Archivio disse che voleva fare una gita al mare e maledetti noi se non lo portavamo.

E noi ce lo portammo.

L'obiettivo del viaggio era la località rivierasca detta Zimmeria Marina. Archivio non ci disse perché, ma lo interpretammo come un ultimo desiderio.

Perciò il bar si mobilitò per una gita perfettamente organizzata. Per prima cosa bisognava trovare l'auto. Trincone Carogna si offrì. Tornò dopo mezz'ora con un carro funebre e un pulmino scolastico a sedici posti. Scegliemmo il secondo e chiedemmo dove lo aveva trovato. Rispose che era un prestito, e poi i bambini è meglio se camminano un po'.

Dopo un pieno a scrocco dal benzinaio Diogene, Carogna si mise alla guida. Al suo fianco, Simona Bellosguardo con una carta dell'Europa larga tre metri. In seconda fila, Trincone Toro sdraiato, senza scarpe. In terza fila, il Nonno Stregone e Archivio, che non aveva voluto portare la carrozzella, solo le stampelle.

In quarta fila, Alice e Piombino.

In quinta fila, una damigiana di vino, il catering e Merlot nel senso di cane.

Tutto procedette bene fino al casello dell'autostrada. Qui Trincone Carogna disse:

– Risparmiamo i soldi del pedaggio. Si fa così. Ci si incolla dietro a un camion col telepass, a mezzo metro da suo culo, e si passa insieme a lui.

Così fece. Ma andò troppo vicino e tamponò il camion che trasportava pesci surgelati.

Due casse del carico caddero sul cofano. Fu un attimo. Trincone le arraffò e le mise nel bagagliaio. Quindi ripartì a tutta birra. Il camionista neanche se ne accorse.

– Ma sei pazzo? E se il ghiaccio si scioglie?

– Le vendiamo prima – assicurò Trincone Carogna.

Nei primi cinquanta chilometri di autostrada vennero distribuiti un po' di vino, olive e salame e l'equipaggio cantò.

Si cantò *Azzurro*, *Bella ciao*, *Il cielo in una stanza* e trenta volte la sigla degli Addams. Poi Alice con voce incantevole intonò il tema del *Titanic*, mentre Piombino la guardava adorante.

Al chilometro cinquanta, una pattuglia dei carabinieri si apprestò a superare i gitanti.

– Ehi, – disse il nonno, colpito da improvviso dubbio – ma tu ce l'hai la patente, Trincone?

Non finì la frase. Trincone Carogna si era già tuffato nel sedile dietro e il fratello era balzato alla guida.

La pattuglia si allontanò.

– Insomma, ce l'hai o non ce l'hai la patente?

– Ce l'ho – mugugnò Carogna.

– Fammela vedere.

– Eccola.

– Ma qui c'è scritto Berti Lodovica, nata nel 1932.

– Va beh, è sempre una patente, no?

– Non cambierai mai – sospirò il nonno.

– Com'è la galera, Trincone? – disse Piombino, curioso.

– Beh, non si sta male. Si mangia in compagnia. Si gioca a pallone due volte alla settimana e si fanno le gare di seghe ogni sera. Tu quante te ne fai al giorno?

Piombino si ingrugnì e non rispose.

– Via, ragazzi, – disse Archivio – è ora di fermarci a vedere una di quelle cose meravigliose che mi hanno descritto, credo si chiami autogrillo. Mi hanno detto che alcuni sono più belli di Disneyland. E poi voi dovrete pisciare, immagino.

– E tu no?

– Io ho già fatto. Ho un pannolone che tiene cinquantaquattro litri, come la damigiana.

Si fermarono nel meraviglioso Autogrillo Passo delle Pioppe, un luminoso luna park del consumo con dodici pompe, ampio supermarket, bar, ristorante self-service, vendita souvenir e toilette. Ci si divise così.

I due fratelli Trincone e Simona Bellosguardo alle toilette.
Alice e Piombino al negozio di souvenir.
Archivio e il nonno al bar supermarket.
Merlot in libera uscita.

I due fratelli entrarono nei bagni e ammirarono i meravigliosi orinatoi pensili in candida maiolica.

Pisciarono a lungo e ingaggiarono una cordiale gara di scoregge con un camionista bulgaro, che però, dopo una tripla di Trincone Toro, si dichiarò vinto. All'uscita incrociarono Simona Bellosguardo, che veniva naturalmente dalle toilette Donne.

Trincone Toro si rese conto che lui veniva dalla toilette Uomini e qualcosa si accese in lui.

Si guardarono. Si erano sempre piaciuti.

Lui la guardò come se la vedesse per la prima volta e disse:

– Simona, posso farti una domanda audace?

– Non ora, non ora – disse Simona, e fuggì su per le scale, con bel dondolio, ammirata dai due fratelli.

– Mica male, la signora – commentò Trincone Carogna.

– Oh, per me è solo un'amicizia – disse Trincone Toro.

– Diceva così anche il mio compagno di cella – disse Trincone Carogna.

Alice e Piombino entrarono nel negozio dei souvenir. Era pieno di sciarpe calcistiche, busti di Benito, magliette della Ferrari, peluche sinistri, portachiavi, targhe, alani di ceramica, troll di legno e altri oggetti deliziosamente superflui.

– Che brutta roba – disse Alice. – Ma chi li compra questi orrori?

Piombino nascose qualcosa dietro la schiena.

– Cos'hai lì dietro?

– Oh, beh, – disse Piombino arrossendo – ho pensato a un regalino per te.

– Ma dai – disse Alice, comunque interessata. – Cos'è?

Piombino glielo mise in mano.

Era un arbre magique alla lavanda.

– Sapevo che ti piacciono i fiori – disse Piombino.

– Merci – disse Alice.

Nel supermarket era successo di tutto. Archivio, che sembrava guarito da ogni male e pervaso da sorprendente vitalità, procedeva stampellando tra le file di cibarie, i dischi, e altre mercanzie. Tutto toccava e spostava, sotto gli occhi di un commesso atterrito. Improvvisamente una scimmia di peluche si mise a battere i piatti e cantare e Archivio la abbatté a stampellate. Stessa sorte subirono un Babbo Natale vociante e una Papera ballerina.

– Lo stiamo trasferendo da una clinica all'altra. Non sopporta i rumori – spiegò il nonno al commesso.

Poi il nonno andò alla cassa. Da lì guardava con terrore Archivio che stava aprendo un formaggio cellofanato per annusarlo. Fortunatamente non lo annusò. Ne assaggiò direttamente un pezzo e si mise a gridare: – Cazzo, ma sembra plastica.

Il nonno fece finta di non conoscerlo.

– Allora nonno, cosa prendiamo? – chiese un cassiere dal volto baffuto.

– Lei non lo so, io un caffè.

Il nonno stava per arrivare al bancone quando la porta del grill si aprì ed entrarono ottanta pellegrini di un pullman che tornava da Lourdes, e tutti non pisciavano e non mangiavano da dodici ore.

Ci furono risse, svenimenti e anche qualche bestemmia.

Archivio riuscì a toccare il culo a due signore e a sventrare un orsacchiotto canterino per vedere cosa c'era dentro.

Poi arrivarono trenta ultrà del Milan.

– Cazzo, io non lo sopporto il Milan – disse Archivio a voce alta.

Il nonno lo portò fuori appena in tempo.

Intanto, Trincone Carogna aveva piazzato un primo blocco di pesce surgelato, già puzzolente, a uno che vendeva autoradio taroccate nel parcheggio.

Trincone Toro e Simona invece fecero una romantica passeggiata fino al guardrail.

E sul bordo dell'autostrada, Trincone disse a Simona:

– Sai, la vita è come il traffico... scorre in fretta.

– Ebbene sì – rispose la donna mentre i passaggi dei Tir le scompigliavano romanticamente i capelli.

– Posso parlarti in privato?

– Ebbene sì.

– Volevo chiederti: ma da quando è morto tuo marito Baruch, tu...

– Io cosa?

– Insomma tu... niente?

– Niente – disse Simona, con un sospiro.

– Ma insomma, – disse Toro – è come far andare a male una botte di vino buono... Come non raccogliere il grano. Come far cadere le mele dall'albero e farle marcire. Come, scusa, non mungere una mucca per un mese. Come...

Simona gli mise un dito sulla bocca e disse:

– Basta, Trincone. Ricordati che sei un uomo sposato...

– Non conta.

– Ricordati cosa fece tua moglie Maria Sandokan a quello che cercò di scipparla al mercato.

– Hai ragione.

La seconda parte del viaggio fu più tranquilla. Trincone Carogna telefonava e cercava di piazzare la seconda confezione di surgelati a un pescivendolo di Zimmeria Marina. Trincone Toro cercava di toccare Simona Bellosguardo in parti concave e convesse e beccava dei gran ceffoni.

Alice guardava fuori dal finestrino aspettando di vedere il mare. Piombino aveva bevuto un po' di vino ed era stravolto di amore e alcol.

Archivio dormiva e nel sonno ogni tanto diceva:

– Oh, Annabel, Annabel.

Il nonno insospettito lo svegliò e gli chiese:

– Adesso devi dirmelo, vecchio pazzo. Cosa andiamo a fare a Zimmeria Marina?

– Beh... a vedere il mare, la spiaggia, le dune, le agavi... gli scarabei rotolamerda, i bagnini e a fare il bagno nelle limpide acque.

– Ma dai, lo sai benissimo. Le dune e le agavi non ci sono più, c'è un muro di alberghi, i bagnini si chiamano salvavita o imprenditori balneari. E le acque non sono più limpide.

– Va bene. Ma voglio tornare in un posto. Un posto dove sono stato una settantina d'anni fa. Devo farlo, prima di morire. Il posto si chiama Pensione Mirana.

– Ma non ci sarà più!

– Esiste ancora, ho controllato sull'elenco. Ho anche l'indirizzo.

– E lì cosa c'è di speciale?

– Si mangia del buon pesce – rispose Archivio con un sorriso furbo.

Finalmente verso sera il mare fu visibile. Era una striscia grigioblù che appariva e scompariva dietro alla Grande Muraglia degli alberghi. Alice e Merlot annusavano entusiasti la brezza con la testa fuori dal finestrino, si beccarono una zaffata di tubo di scappamento e quasi vomitarono.

Ed ecco che, attraverso una serie di centosessanta roton-de ognuna urbanamente arredata, arrivarono sul viale che por-tava al lungomare.

La stagione era quasi finita. Il mare era color cenere, e quasi tutti gli stabilimenti erano chiusi. Pile di sedie a sdraio si preparavano al letargo. Poca gente si aggirava tra i vialetti e i lampioni.

Trincone Carogna andò avanti col pacco di surgelati in spalla.

– Bene, – disse il Nonno – direi di farci una pizza e poi tutti liberi, ognuno per suo conto fino a mezzanotte.

Entrarono alla pizzeria napoletana Casablanca. Erano gli unici clienti, oltre a una famiglia di olandesi che mangiava cozze. Un cameriere gentile disse loro che avevano del pesce fresco, lo aveva appena portato un grossista chioggiotto di nome Trincon.

Alice prese una pizza margherita.
Piombino, una pizza con le alici.
Simona Bellosguardo, una pizza capricciosa.
Trincone Toro, una pizza diavolina all'olio piccante.
Trincone Carogna, tre pizze alla galeotta.
Il nonno prese una pizza ai ventisette sapori.
Archivio, una pizza leggera: capperi, peperoni, gorgon-zola, salame piccante e provolone. Peccato non avessero la trippa.

Merlot mangiò i corniccioni delle pizze e leccò il piatto di cozze degli olandesi, poi scappò sulla spiaggia a correre.

Finito il pasto, ognuno prese una direzione diversa.

Simona Bellosguardo disse ai due Trinconi: – Ci penso da

stamattina: portatemi in spiaggia a vedere la luna e a fumare una bella sigaretta.

Alice disse a Piombino: – Ho un sogno dall'estate scorsa: portami a vedere il luna park.

Archivio disse al nonno: – Sono settant'anni che aspetto: portami alla Pensione Mirana.

Ed ecco Simona Bellosguardo che cammina sul bagnasciuga, a fianco di Trincone Toro. Trincone Carogna gironzola dietro a loro, cercando coppiette da spiare. Le luci del lungomare brillano come uno strascico ingioiellato, la luna fa il suo dovere di romantica luminaria. La risacca è un'ipnotica serenata. Simona ricorda quando tanti anni fa camminava a fianco del marito Baruch, in riva al lago. Lei era qualche chilo di meno, lui era bello e robusto, non ancora roso dalla malattia. Ricorda l'odore del suo uomo: olio da macchina e gomma, faceva il meccanico. E ricorda come quegli odori professionali si mescolassero al dopobarba mentolato, componendo un cocktail virile e seducente. Trincone non ha proprio lo stesso odore, diciamo che sa un po' di mosto e un po' di verderame, ma emana comunque un sano profumo di lavoratore. E improvvisamente ricorda la forte stretta delle braccia di Baruch intorno ai fianchi. Ma non sono le mani di Baruch che la stanno esplorando, bensì quelle di Toro. Si dibatte, si svincola, turbata.
      – Insomma, ti ripeto che io sono vedova e tu sei sposato.
      – Lo so. Ma sono un uomo, non sono una santa...
      – Veramente la canzone non fa così.
      – Ti prego, un bacio, un bacio solo.

Non cascarci, dice la luna dall'alto.
Non fidarti, dicono i pesci del mare.

Non lo fare, dice Baruch da lassù o da laggiù.

Ma la risacca è così melodiosa, e la luna così chiara, e la notte così dolce...

Intanto Alice e Piombino sono arrivati al luna park. È chiuso. Però si vede la ruota panoramica. Non è in funzione, ma è accesa per metà. Scavalcano la rete, audaci.

– Cosa dici, – chiede Alice – possiamo salire su un vagoncino?

– Ma certo, – dice Piombino – di cosa hai paura?

Attraversano le baracche. Tiro a segno, Tunnel dell'amore, Horror Gallery, Sala giochi Narciso. Ed eccoli sotto la grande luminosa ruota.

Piombino studia la situazione. Essendo uno scalatore di alberi, ha già visto come e dove arrampicarsi.

– Potremmo arrivare fino in cima. Ma tu non sei abbastanza scoiattolesca. Quindi che ne dici se arriviamo su alla seconda carrozza, quella a forma di cigno?

– Il cigno, sì, che bello.

Si arrampicano, salendo sulle strutture metalliche. Alice davanti e Piombino dietro.

Alice nell'arrampicarsi alza la gamba e un balenio di mutande coglie Piombino, che fulminato precipita, per fortuna nella sabbia.

– Ma non ero io che dovevo non farcela? – dice Alice.

– Scusa – dice Piombino.

Arrivano al primo vagoncino, l'astronave. Da lì con un agile balzo sono sul secondo, un cigno con gli occhi storti. Sopra di loro c'è un vagoncino tondo a forma di margherita.

– Dai, – dice Alice – ci provo.

– Forse è troppo alto – dice Piombino.

Ma Alice ha già il piedino sull'appoggio e agilmente ci arriva. Piombino la segue. Saranno a cinque metri da terra, ma è come se fossero a cento metri, nella stratosfera, nel cielo degli amanti volanti.

D'improvviso sono vicini, e zittiscono. E non sanno più cosa dire.

Intanto Archivio ansimando come un mantice, e mandando a 'fanculo con una stampella alzata tutto il traffico, si trascina dietro il nonno per le stradine di Zimmeria, tra alberghi chiusi e lavori in corso.

– Cazzo, ma qua una volta c'era un campo di bocce – sbuffa – ...e qua c'era la pineta. Cosa ci fanno tutti questi alberghi? Non capisco. La pensione era qui in fondo, ricordo. Vicino a un prato.

– Sì. Di fianco all'accampamento dei legionari e dietro al venditore di zucchero filato etrusco.

– Piantala. In fondo sono passati solo una settantina d'anni. Che ti dicevo?

Incredibilmente, incastonato tra due alti condomini, c'era un piccolo edificio rosa. L'insegna diceva:

Pensione familiare Mirana.

Archivio entrò quasi correndo. L'hotel era chiuso, ma un muratore stava imbiancando le pareti.

– La signora Annabella c'è?

– Vuole dire la proprietaria?

– Sì, lei, la piccola Annabella.

– Piccola?

– Scusi, – intervenne il nonno – il signore voleva salutare la sua amica che non vede da tanto tempo. Sa mica dove potrebbe trovarla?

– Certo. Sta alla cassa in una sala giochi, vicino al Grand Hotel.

– Corriamo – disse Archivio.

Sulla riva del mare, la situazione stava precipitando. Trincone Toro era partito all'attacco dei rivestimenti esterni e intimi della Bellosguardo e aveva già slacciato sette bottoni, ma altri ne resistevano. Lei cercava di divincolarsi, ma ormai era chiaro che stava per arrendersi.

– Non qui sulla spiaggia – ansimò la bella.

– E dove?

– Non lo so. Trova un posto appartato, magari una cabina.

Trincone Toro trovò subito una cabina dello stabilimento Bagno Renata e con tre cazzotti la aprì. Era piccola ma confortevole. C'era dentro anche un grosso papero-canotto di plastica.

Lì si scatenò la passione.

La cabina tremava come per un terremoto. Si udivano gemiti e soffi. Per metà erano di Simona, per metà del papero di plastica che si sgonfiava a ogni colpo.

Poi Trincone lanciò un urlo selvaggio, che fu sentito anche in Dalmazia. E i due crollarono nudi e abbracciati fuori dalla cabina, sulla sabbia.

– Mamma mia – boccheggiò Trincone.

– Adesso capisco perché ti chiamano Toro, – disse la Bellosguardo – ma basta, non guardarmi, mi vergogno. Fammi rivestire, vai a fare un giro.

La Bellosguardo rientrò nella cabina e prese a ricomporsi. Ma non erano passati trenta secondi che la porticina si aprì e nel buio Trincone le fu di nuovo addosso, e con rinnovato, anzi moltiplicato impeto la prese da tre diverse angolazioni.

Il papero-salvagente esalò l'ultimo respiro, insieme all'ansito degli amanti.

Poi l'uomo uscì, un po' barcollante.

Simona si rivestì e uscì stiracchiandosi. Dal bagnasciuga, Trincone Toro la guardava amoroso.

– Caro, ma sei instancabile – disse Simona. – Due volte, una dopo l'altra...

– Come due volte? – disse Toro. – Io ero a pisciare sulla spiaggia.

– Ma allora... – disse Simona.

– Bastardo! – disse Trincone.

E videro Trincone Carogna, con le braghe ancora a metà gamba, che fuggiva lungo l'arenile.

Si alzò un po' di vento e fece dondolare il vagoncino sospeso. Piombino guardò le stelle e imitando la voce di Melone disse:

– Tutte mie!

Alice rise.

Allora Piombino disse:

– Loro stanno lì da milioni di anni e ci staranno per altri milioni. Ebbene, anche se adesso mi dici di no, anche se tu sei bella e bionda e io brutto e nero, anche se ce ne sono mille meglio di me, io aspetterò. Moriranno un milione di stelle e un milione ne nasceranno e io aspetterò. E salirò in cima a tutti gli alberi del mondo. E conterò tutti i chicchi d'uva delle vigne del mondo. E tirerò con la fionda tutti i sassi del mondo. Non importa che mi dici niente. Io aspetterò.

Alice non rispose. Ma sorrideva a occhi chiusi, mentre il vagoncino dondolava cullandoli.

– Insomma, hai capito o no? – disse Piombino, con uno scatto che quasi li fece ribaltare. – Aspetterò un milione di anni, ma un giorno, un giorno...

– Quante ragazze hai baciato? – lo interruppe Alice. – Sii sincero, non fare lo sbruffone.

– Una. Belinda.

– Non vale. Quella l'hanno baciata tutti.

– Beh, però come punti esperienza vale.

– Io bacetti tanti, ma un bacio vero solo con uno.

– Chi? – chiese Piombino, con voce torva.

– Un compagno di scuola che si chiama Fanelli Gaetano. Però senza lingua.

– Poverino, è muto?

– Ma no – rise Alice – ...non sei molto esperto, vero?

– No – disse Piombino.

– Neanch'io – disse Alice.

E fecero un po' di pratica.

Archivio e il nonno entrarono nella Sala giochi Guantanamo. C'era un frastuono indicibile. Sugli schermi mostri morivano, draghi si azzannavano, supereroi sparavano, auto esplodevano, maestri di kung fu si pestavano, eroine caprioleggiavano, era tutta un'ecatombe elettronica, e i flipper sparavano palle d'acciaio, le slot machine vomitavano gettoni, le pistole laser mitragliavano, nel minibowling le bocce rullavano, e un bimbo piccolissimo prendeva a martellate delle creature che spuntavano dai buchi di un gioco detto Ammazzagnomi.

Archivio avanzava tenendosi le orecchie tra le mani.

Alla sua destra un bambino morì mangiato da un drago e alla sua sinistra un altro imprecò perché aveva ucciso solo tredici milioni di alieni.

Il nonno seguiva il suo compare e capiva che qualcosa di importante stava per avvenire.

Archivio arrivò davanti alla cassa. La cassiera era una vecchiona poderosa, coi capelli platinati, una rosa sul seno e occhi da regina malvagia. Guardò il vecchio e disse:

– I giochi porno sono al primo piano.

Archivio non disse nulla, ansimava.

– Cosa vuole? Vuole dei gettoni? È un maniaco? Se è un maniaco vada al bar di fronte, è lì che si radunano.

– La tua voce non è cambiata, cara, – disse Archivio – e neanche i tuoi occhi.

Il donnone lo guardò sospettoso.

– Si può sapere chi è lei?

– Signorina o signora Annabella, in quell'estate lontana io avevo undici anni e lei dieci, e frequentavamo lo stesso bagno, quello del bagnino Apollo. Erano circa le nove e mezzo della mattina e il tempo era soleggiato. Lei indossava un costumino a righe rosse con bretelle, io un costume di lana blu. Lei stava costruendo un castello di sabbia alto tre piani, io una pista per palline. Io le chiesi un bacio e lei me lo diede, ma sulla guancia. Io le dichiarai il mio amore. Lei mi disse che era fidanzata con un sanmarinese di tredici anni. Io impazzii di dolore, le calpestai a morte il castello e scappai via.

– Archimede! – disse lei, mettendosi la mano sulla bocca. – Solo tu puoi ricordarti tutte queste cose. Sono io che ti ho dato il soprannome Archivio, non ti sfuggiva mai niente. È vero, io avevo il costumino a righe rosse e tu blu. Ma il sanmarinese non esisteva, lo avevo inventato lì per lì.

– Quel soprannome, Archivio, mi è rimasto tutta la vita, – disse Archimede – e dopo tanti anni vorrei dirti che...

Uno, ti chiedo scusa per averti distrutto il castello di sabbia, anche se lo avevi fatto troppo vicino a riva e sarebbe finito male comunque.

Due, il costume blu ce l'ho sempre, perché dimagrendo da vecchio mi va ancora.

Tre, non ho mai amato nessuna come te.

Ciò detto svenne, con grande clangore di stampelle.

Durante il viaggio di ritorno, tra le luci della notte, gli umori erano diversi. Alice e Piombino stavano mano nella mano, lui cercava di darle qualche bacio supplementare, ma lei rifiutava, un po' pallida perché soffriva la macchina.

Trincone Carogna era stato isolato nell'ultimo sedile. Esibiva un occhio nero.

Trincone Toro e Simona non si guardavano. Lei guidava e ogni tanto la mano di lui, furtiva, le accarezzava le ginocchia, subito respinto.

Merlot sonnecchiava e ricordava un campionario di bellissime puzze e una cagnina bianca e nera piuttosto vivace.

Poi tutti bevvero un altro po' dalla damigiana e si addormentarono, meno Simona.

Erano usciti dall'autostrada e stavano per prendere la provinciale verso casa, quando Archivio gridò nel sonno e svegliò il nonno.

– Ho fatto un sogno – gli disse a voce bassa. – Io e te camminavamo in montagna, finivamo in una nuvola alta e nera e scoppiava un gran temporale.

– E poi? – disse il nonno assonnato.

– Cominciava a piovere a stracciacielo e ci riparavamo in un grottino, ma intanto si erano bagnate le provviste. Tu tiravi fuori il pane fradicio e ti mettevi a ridere. E sai io cosa ti dicevo?

– Cosa?

– Piovi pure, cielo nero, grandina, e tu, vento, soffiaci contro! Noi abbiamo sempre mangiato pane e tempesta. E terremo duro.

– Pane e tempesta – gridò il nonno.

– Pane e tempesta – fece eco Piombino, anche se non capiva bene cosa voleva dire.

– Smettetela con questi discorsi da ubriachi, o volate tutti fuori dal finestrino – ringhiò Trincone Carogna.

Finalmente tornò il silenzio, si sentiva solo il rumore dell'auto e il delicato russare di Merlot.

– Quando arriviamo? – disse Alice con voce sonnacchiosa.

Il tradimento

Arrivarono all'alba. Il nonno dormì agitato, solo un'ora. Fece un trisogno ma non lo ricordò. Vide l'alba entrare dalle fessure della finestra. Sentì Selim che apriva il forno e il gallo di Gandolino che cantava lontanissimo. Fece solo sedici delle ventisette operazioni della civiltà umana, poi si diresse verso il bar. Sentì odore di fumo, il bosco bruciava nuovamente. Si mise a camminare così in fretta che le ossa, dalla schiena alle ginocchia, scricchiolavano e cigolavano. Sembrava un'armatura in movimento.

Giunse. E vide quello che era accaduto.

Me lo aspettavo, pensò.

Il bar non c'era più, era scomparso ingoiato da transenne e impalcature. E su tutto troneggiava un cartellone grande come metà dell'orizzonte. Raffigurava una bocca che sorrideva, per metà sensuale e per metà ghignante. Rossa e spalancata come quelle dipinte all'entrata dei luna park.

C'era scritto.

Passo di Montelfo (845 metri)
Lascia la citta'.
Fai un Passo verso la Felicita'!

E poi, sotto:

LAVORI IN CORSO
Costruzione di un complesso polifunzionale multivalente ipermercatico a uso abitativo, commerciale e riciclomonetario.
Societa' Settecanal-Impregiko-Luxuryproject Investment ltd
Architetto: John Mangano
Alla gru: Victor Nicolau
Capomastri: Salvatore Quadrello e Nicola Zeppa

Dietro l'enorme bocca la gru muoveva lenta e inesorabile il becco, e gli pneuantropi mitragliavano. Ogni tanto si alzavano nuvole di polvere e lamento di laterizi. Tutto intorno si era radunata una piccola folla. C'erano Ispido e Giorgia la fruttivendola e Fefè e Poldo Porcello e Frida Fon e Gandolino e Raffica e Vitale il becchino e Ottorino e il brigadiere Di Zezo e Selim il fornaio e Clemente il Serpente che aveva fiutato baruffe. Ed erano convenuti pensionati da tutta la valle. Non potevano perdersi quel bellissimo cantiere.

Uno diceva: – È meglio di quello del metrò cittadino. – Un altro: – Sì, ma lì c'erano tre gru.

Alla vista del bar in demolizione qualcuno pianse, qualcun altro andò via.

Trincone Toro e Trincone Carogna ebbero una reazione composta. Presero a cazzotti sul tetto il furgone con la scritta *Settecanal Lavori* finché non l'ebbero ridotto a una spider.

– Nostro fratello ci ha traditi! Bastardo, ha venduto la storia della nostra onesta famiglia – gridava Carogna.

– Onesta non lo so, – disse Toro – ma affezionata al bar, sì. Non me l'aspettavo da lui.

– E io non mi aspettavo che Zeppa lavorasse nel cantiere – disse sconsolato Ispido.

– Ma cosa pretendete? Volete che restiamo tutti pezzenti? – ringhiò Giorgia. – Se volete saperlo, mi hanno promesso che avrò un reparto surgelati nel supermercato. Finalmente lascerò questo misero negozietto.

– E io avrò una libreria-cartoleria-giocoleria con video porno di tutto il mondo – disse Fefè.

– E io aprirò una profumeria – disse Poldo Porcello.

– Io aprirò un centro fitness – disse Vitale il becchino.

– Io coordinerò la security – disse Ottorino.

– Ci sarà un nuovo negozio di elettrodomestici, con televisori così grandi che dovremo allargare le case – disse la cassiera Pina.

– Ci saranno le slot machine – disse Culobia.

– Noi faremo le commesse nella boutique – dissero le Aspirine.

– Io farò le pulizie – disse Abdul Sgomberati.

– Chi vi ha promesso tutto questo?

– Velluti e Settecanal. Hanno detto che ci sarà lavoro in abbondanza per tutti.

– Voi scemi – disse Melone battendosi la fronte.

– Secondo me, è un gran bel cantiere... – commentò Curnacia – e mi sembra anche sicuro.

Si udì un urlo, uno schianto e qualcuno precipitò da un'impalcatura.

– Non litigate, – disse Archivio – chissà cosa succederà. Magari si mangeranno i soldi e neanche finiranno i lavori.

– Lei è ideologico – disse la maestra Tiribocchi.

– E lei è logaritmica – rispose Ispido, che qualcosa della scuola si ricordava.

– Cazzo, stanno bruciando il bosco e voi bevete le loro bugie – disse Selim.

– Zitto lei, lasci parlare i nativi – intimò il brigadiere Di Zezo.

– Lei è un razzista e la sua divisa è stirata male – intervenne Simona Bellosguardo. – In quanto a voi, guardate quella bocca. Nei tunnel dell'amore si entra e si esce, qui invece c'è solo l'entrata, sciocchi!

– Non prendiamo lezioni da una rattoppamutande! – le urlò in faccia Raffica.

– Simona ha ragione – disse Gina Saltasù. – Giorgia, quanto vuoi guadagnare più di adesso, coi tuoi pomodori mezzi marci?

– Marcia sei tu – disse Giorgia.

E le donne si misero a fare paritariamente a cazzotti, e non si riuscì a fermarle finché Maria Sandokan con un preciso gancio atterrò Giorgia.

– Calma, – disse il nonno – aspettiamo gli eventi.

Si fece avanti impettito e inaspettato Clemente il Serpente.

– Retrogradi, – disse con disprezzo – non sapete nulla delle leggi di mercato.

– Zitto, usuraio – disse Trincone Toro.

– Signori, – intervenne il dottor Fabian – suggerisco di calmarci. Se qualcuno volesse della valeriana...

– Torna al tuo paese! – gridò Clemente.

– Clemente, sei uno stronzo – disse Paoletta Pillola, poi tacque per un altro anno.

La sortita di Paoletta suscitò commenti favorevoli e riuscì ad allentare la tensione, che però nuovamente salì quando arrivò il Suv Fuoristrada Amazzonia Wildbeast 4000 di Vespuccio, che trasportava anche il sindaco Velluti. Furono circondati e coperti di improperi. Invano il nonno cercava di calmare le acque. Volavano mattoni e schiaffi.

Allora il sindaco salì su una sedia e urlò:

– Insomma, basta! Qualcuno la finisca!

In quel momento Melone gridò. Mai nessuno lo aveva sentito alzare la voce. Era un grido tremendo, acutissimo:

– Finisco io!

E partì di corsa verso il parapetto del belvedere.

Lo scavalcò e rotolò giù nel prato, per un centinaio di metri.

Lo trovarono in mezzo alle margherite, con le ossa rotte, ma sorridente.

Tutta la notte fu tempesta, fulmini e fiumi d'acqua.

E nel cuore di quella notte Archivio arrivò con le stampelle fino al limitare del bosco, e lì morì.

Era una mattina limpida e fredda, si vedevano le montagne fino all'Himalaya.

Nel prato era radunata un sacco di gente. Sedie e tavolini erano disposti a semicerchio. Al centro, tra due alberi, era stata appesa la gloriosa insegna al neon del Bar Sport. Su un lungo tavolo c'era da mangiare per un raduno di alpini, per un villaggio olimpico, per l'esercito di Tamerlano. Attirati dall'odore della grigliata, erano venuti cani da tutta la valle, persino un dingo e un gatto volante del Madagascar.

Al centro del prato, come un dolmen megalitico, troneggiava una grande botte di vino, che Zeppa aveva sottratto alla cantina del bar.

– Zeppa non ci ha tradito, è ancora con noi – comunicò Ispido. – Sarà la nostra talpa, il nostro informatore...

– Così adesso lo sanno tutti – disse sconsolato Zeppa.

Trincone Toro salì su una sedia e parlò:

– Ho una buona notizia, amici. Anche noi fratelli onesti avevamo una piccola quota del bar. Trincone Carogna si è giocato la sua quota a carte. Ma io la possiedo ancora. Quindi abbiamo un pezzo di terreno con capacità edificatoria di trenta metri quadri. Non possiamo costruire un bar, ma qualcosa sarà.

– Ci faremo un grande forno, – disse Sofronia – un forno dove fare il pane e pizze e biscotti e riunirci al caldo.

– Una biblioteca all'aperto – disse Micillo.

– Un palchetto rock – disse Bum Bum Fattanza.

– Una ruota panoramica – disse Piombino.

– Un camino... un grande camino per arrostire e per raccontarci le storie – disse Maria Sandokan.

– Sì, sì, un camino – disse Alice.

– Grande, con tre posti letto – dissero i fratelli Sgomberati.

– E ora il Nonno Stregone ha qualcosa da dirci – disse Simona Bellosguardo.

Il nonno fu issato in cima alla botte. Parlò come se fosse in groppa a un destriero.

– Amici miei. Melone è in ospedale. Era il nostro profeta. Parlava poco ma con bizzarra saggezza. Non ha sopportato la crepa nella nostra armonia. Tornerà tra noi. Invece Archivio non tornerà più. Era la nostra storia, il nostro sillabario, la nostra coscienza e i nostri rimorsi. Ricorderemo l'odore dei vecchi libri della sua bancarella. Ricorderemo la sua allegria e la sua risata col fischio polmonare. Oggi non abbiamo il solito posto dove ritrovarci, il luogo dei nostri racconti. Ma siamo ancora insieme. E la pioggia ha spento l'incendio del bosco.

– Grazie alla danza degli gnomi – disse Piombino.

– Forse. Ma oggi è difficile aver voglia di ballare. La canzone che abbiamo ascoltato in questi giorni è un rumore di muri che crollano. Il rumore di macerie che percorre tutta la storia, la sua peggiore musica. Ma se qualcosa cade, qualcosa ricrescerà. Pensiamo ai funghi che palpitano sotto terra, non a quelli che marciscono. In quanto ai funghi velenosi, beh, quelli ci saranno sempre.

– E ne basta uno per rovinare la zuppa – disse tristemente Sofronia.

– Ora, amici, – disse il Nonno Stregone – vorrei raccontarvi una storia, ma non la solita. Tutti sono capaci di raccontare una storia passata, io vi racconterò una storia del futuro.

– Basta che non ci fai invecchiare – disse Sofronia.

– Era l'anno ancora da venire e Sofronia era più in forma che mai – disse il Nonno Stregone.

– Racconta – dissero tutti.

La grande carestia

Una mattina di un giorno futuro, Diogene il benzinaio entrò nel bar col giornale in mano e disse:

– È caduta Uolstrèt, è caduto il Dow Jones, è crollata la Borsa di Tokyo, la benzina costa sei centesimi in meno e siamo in recessione.

Non ricordo perché, ma fummo colti dal panico. Nessuno aveva azioni o capitali nascosti all'estero, se si eccettua Ispido che aveva sei fratelli minatori in Belgio. Ma il tono di Diogene era così accorato, e il suo volto così afflitto. L'idea della caduta di Dow Jones, e del panico dei poveri giapponesi, ci turbò.

Sulla sorte di Dow Jones, soprattutto, nacquero varie ipotesi.

Secondo Gandolino, era come l'afta epizootica del 1956, ma più grave.

Secondo Bum Bum Fattanza, i Dow Jones erano un gruppo rock di merda ed era giusto che finissero male.

Secondo Zeppa, Dow Jones era troppo vecchio per tornare sul ring.

Secondo il professor Micillo, erano solo algebre malefiche, numeri fasulli inventati dall'alta finanza per fregarci.

Anche secondo il Nonno Stregone era la solita vecchia storia: quando qualcuno ci rimette, qualcun altro ci guadagna.

Frida Fon non aveva dubbi: – La situazione è grave, lo dicono i tarocchi.

Curnacia sentenziò: – Secondo me, non è poi così grave.

Lo stesso giorno licenziarono dieci operai, chiuse la pompa di benzina di Diogene e grandinò.

Così, un po' alla volta, noi che eravamo dignitosamente poveri o quasi benestanti ci sentimmo di colpo disperatamente poveri e quasi nullatenenti.

Iniziammo a tagliare le spese. Il Nonno Stregone pensò di recuperare i calzini del servizio militare. Li trovò ma erano induriti dal tempo. Ci fece degli stivaletti, naturalmente spaiati. Ispido e Treottanta decisero di prendere un solo caffè in due. Il primo beveva i primi sorsi di caffè amaro, il secondo girava lo zucchero e lo beveva dolce. Se restava un po' di zolletta imbibita di caffè, si faceva una pallina e la si portava a casa per i figli.

Lo zucchero del bancone venne razionato. Mai più la bella coppa nivea e ricolma, solo bustine.

Arrivò il geometra Scrocco e le fregò tutte.

Allora venne in uso lo zucchero col dosatore. Massimo due scrollate.

Il vino fu il problema più drammatico. Si doveva scegliere tra:

1. Meno vino nel bicchiere.
2. Bicchiere più piccolo.
3. Vino allungato con acqua (proposta fatta da un cliente occasionale che fu legato per i piedi a un'auto e trascinato fino alla strada statale).
4. Almeno il vino lasciamolo come prima, in culo al signor Jones.

Prevalse la quarta opzione.

Intanto, guardavamo la televisione. Ci informavano con tono desolato e sorpreso che c'erano manager e banchieri che avevano fatto buchi di miliardi. Non capivamo come, ma oscuramente presentivamo che qualche buco avrebbe fatto il giro di centosessanta filiali e succursali e finanziarie e poi sarebbe rimbalzato in culo a noi.

Finché una mattina entrò l'edicolante Fefè e disse: – Basta, ignoranti, bisogna che impariamo a informarci, invece di brancolare nel buio. Per questo vi ho portato un giornale da consultare ogni giorno. Leggendolo capiremo tutto. Si chiama "Il Sole 24 Ore".

Trincone Toro, senza neanche alzare il naso dal bicchiere, commentò:

– Come cazzo puoi fidarti di un giornale che si chiama così? Il sole dura nove o dieci ore al massimo.

Tutti furono d'accordo e il giornale fu respinto.

Ma il panico continuava. Fumavamo i cicchini di sigaretta. Per il compleanno delle figlie, Didone la farmacista mise le candeline su una pastiglia Valda. Dividevamo una pizza in otto, con il compasso per fare le porzioni precise. Fortunatamente, Selim scovò nel suo negozio una partita di panettoni natalizi del 1963. Erano un po' duri, ma tagliandoli con l'ascia e lasciandoli nel latte per un giorno erano quasi commestibili.

A carte nessuno voleva giocare più a soldi ma a fagioli, valevano di più.

Il colpo di grazia ce lo diede il bancomat del paese, l'unico.

Una sera sullo schermo apparve la scritta

Lasciatemi solo col mio dolore.

E non ci fu più verso di tirargli fuori un euro.

La mattina dopo, alle sei, Archimede Archivio si presentò in banca e disse che voleva vedere i suoi soldi depositati. La cassiera Pina rispose che non era possibile. Allora lui si incastrò con la carrozzina dentro la porta girevole e bloccò il passaggio.

Se ne andò solo quando gli fecero vedere la cassaforte e lui l'ebbe presa a bastonate per controllare se resisteva.

Maria Sandokan, che teneva i soldi in un materasso, andò a chiedere consiglio al negozio che gliel'aveva venduto. Come poteva investirli?

Quelli, astuti, le vendettero un materasso nuovo.

Dopo un nuovo rincaro dei prezzi, ci fu l'attacco al caveau. Sapevamo che l'avarissimo Girolamo Porcello aveva una cantina sigillata in cui teneva prosciutti, salami, uno scrigno di ciccioli e altre delizie.

Trincone Carogna preparò accuratamente il colpo.

Tre uomini mascherati, armati di fucile, avrebbero sequestrato Girolamo mentre tornava a casa e si sarebbero fatti aprire il caveau.

Così Simona Bellosguardo nella notte confezionò tre bellissimi passamontagna di lana. Ma nella sua materna premura ci scrisse sopra il nome per non confonderli.

Perciò, a mezzanotte davanti a Girolamo si presentarono tre uomini mascherati con i cappucci rosa e la scritta ricamata: Trincone Carogna, Ispido e Piombino. Su quello di Piombino era cucito un delizioso orsetto.

Quindi, quando i tre puntarono i fucili e dissero: – Apri la tua cantina o spariamo – Girolamo si mise a ridere.

– Siete arrivati tardi, – disse – ieri mattina hanno requisito tutto per un controllo igienico.

Il brigadiere Di Zezo e il vigile Cardellino avevano colpito prima di noi. I prosciutti finirono spartiti tra i servitori dello stato.

Poi giunse una notizia che ci fece godere un pochino, ma mica tanto. Il cantiere dove sarebbe dovuto sorgere il grande complesso multifunzionale polivalente, il mostro per cui era stato abbattuto il bar, era già stato chiuso, e gli operai licenziati. Settecanal era coinvolto in una colossale bancarotta e scandali vari. Gli furono sequestrati auto, aereo privato, yacht, milleseicento gemelli per camicia e anche il castello. Una legione di fantasmi disoccupati invase le nostre strade.

Ma ancora più grave della crisi di Uòlstrit, almeno per nói, arrivò il cambiamento climatico. Il nostro meteorologo era il cane Merlot. Quando stava per venire brutto tempo, si nascondeva sotto un'auto. Quella volta salì sopra l'auto e cercò di metterla in moto e scappare. Capimmo che stava per arrivare una grossa perturbazione.

Piovve per tre giorni a scroscio, i canali straripparono e le fogne vomitarono.

Poi grandinò sul raccolto.

Poi venne un vento che fece cadere tutta la frutta.

Poi si scatenò un bombardamento di fulmini. Uno centrò il grande noce, che resistette, un altro spaccò in due una quercia e ne uscì una famiglia di gnomi abbrustoliti. Una tremenda folgore arrostì una mucca in una stalla, accorremmo in massa e Sofronia non fece neanche in tempo a preparare le patate per il contorno. Un'altra dozzina di saette fortunatamente si scaricarono su Treottanta che le assorbì.

Seguirono altri tre giorni di pioggia, stavolta rossa di polvere, proveniente da un deserto lontano, poi una nevicata unta di grasso di foca, e per finire uno scirocco africano che incendiava i boschi.

Il vento rovente portò insetti e parassiti mai visti prima. Uno, in particolare, si rivelò bastardo e nocivo in massimo grado. Era una specie di pidocchio onnivoro pingue e mandiboluto, che portava il nome di *Pediculus nefastus*, o Pidugello suino. Prima impestò tutta l'uva, poi rosicchiò le mele, perforò zucche e angurie, fece marcire i funghi e i foraggi.

Scavava sotto terra e mangiava le patate, scalava gli alberi e trivellava le noci, nuotava e sterminava le trote. Una vera calamità. Poldo Porcello usò tutte le armi batteriologiche. Ma non c'era antiparassitario o veleno che potesse eliminare il guastatore. Anzi, ne beveva dei litri e ingrassava.

Il pidugello attaccava anche cani e gatti e li riempiva di rogna, era tutto un grattarsi e un mulinare di peli. E se riusciva a entrare nei pantaloni o sotto le sottane, erano eczemi e raspe da non camminare un mese.

Cosa potevamo mangiare? La farina stava finendo, e Selim faceva il pane mettendoci una metà di polistirolo, facevamo degli stronzi così leggeri che a volte volavano via come dirigibili. Non si poteva cacciare. Le lepri erano magre da far pena. Gandolino andò nel bosco e ne puntò una col fucile. Ma era così smunta che divise con lei mezza scatoletta di tonno.

I fagiani sembravano passerotti con un'enorme coda. I cinghiali si erano rasati e avevano cercato di entrare nei porcili per scroccare un po' di pastone. I maiali dimagrivano. Mancavano mangimi e foraggio. Le mucche sgocciolavano latte come rubinetti in secca. Le galline depositavano uova piccole come arachidi.

Oh, giorni tristi di miseria! Ogni giorno Simona ci leggeva l'indice Nikkei e il prezzo del petrolio al barile, e soprattutto il prezzo di una damigiana di pinot. Il professor Micillo faceva interessanti lezioni sul Pil e sull'economia romana antica. Così ci addormentavamo e non pensavamo alla fame.

Quelli che resistevano meglio erano i fratelli Sgomberati, sempre più numerosi. Venivano tutti da paesi dove c'era una carestia all'anno, quindi erano abituati. Inoltre, il cantiere era chiuso e abbandonato. Cominciarono a portare via materiali vari, dai tubi ai tondini. Soprattutto, scoprirono una ventina di splendidi bagni chimici abbandonati. Li presero e li riciclarono. Nacque Cessville, ridente conglomerato cubista.

Alcune toilette furono lasciate verticali e ci abitavano anche in quattro, affiancati come sigarette. In quelle ribaltate orizzontali, dormivano come vampiri nella bara. Un cesso era diventato bar e punto internet.

Le privazioni ci stremavano. Forse stavamo tutti impazzendo, perché cominciarono ad accadere fatti strani e bizzarri e non sapevamo più se erano verità o visioni, assediati come eravamo da fame e fantasmi.

Ad esempio un giorno, dopo aver bevuto vino leggermente dopato con alcol puro, vedemmo un'astronave solcare il cielo e scendere. Era un enorme libro, che si aprì. E dalle pagine, proprio come nei libri animati per bambini, pezzo per pezzo venne fuori la sagoma di carta del vecchio Bar Sport.

Alice disse che quei libri si chiamavano pop-up, ma non ne aveva mai visto uno così grande.

Ma cosa importava? Vagavamo storditi tra sogni e trisogni, non ci distinguevamo più dai fantasmi.

Ogni mattina, ad esempio, entravano nel bar due spettri pallidissimi ed eleganti. Un tipo vestito come un damerino, che disse di chiamarsi conte Descroques, e una bella damina vestita da Colombina, con un vezzoso neo sulla guancia.

Consumavano un intero panettone-macigno e due lussuosi cappuccini, poi lui tirava fuori una borsa di monete d'oro antiche e diceva:

– Ha il resto?

Trincone Carogna, che era diventato oste e onesto, un po' intimidito dal loro aspetto nobile rispondeva ogni mattina:
– Non importa, prego, pagherete tutto in una volta.

Così fecero colazione gratis per un mese, finché qualcuno fece notare che i fantasmi non mangiano panettone.

Allora Zeppa si presentò con una vanga e centrò con una sbadilata i marroni del conte.

Il conte urlò di dolore. Erano il geometra Scrocco e la moglie Elvira, incipriati e con due vestiti noleggiati, che naturalmente non avevano pagato.

Poi ci fu la scomparsa delle uova. Cercavamo nei pollai, ma non ce n'era più neanche una. Né di gallina, né di oca, né di faraona. Era praticamente uno sciopero di deretani.

Un giorno scoprimmo che una gallina e un'oca particolarmente furbe avevano messo una bancarella di uova sulla strada statale e le vendevano a due euro la dozzina.

La fame era ormai tale che ci guardavamo come se volessimo mangiarci tra di noi. Chiedemmo aiuto alla Mannara. La vecchiaccia continuava a raccogliere tutti i cani abbandonati che i padroni non potevano nutrire, e il suo drappello si era allungato a cinquantasei elementi.

Per tenerli insieme, aveva addestrato una ferocissima pecora che li comandava a bacchetta.

Le chiedemmo: – Mannara, cosa dai da mangiare ai tuoi cani? E noi come faremo ad andare avanti?

– La fame aguzza l'ingegno – disse la Mannara. – I miei cani mangiano quello che trovano in giro. Ma smettetela di lamentarvi. C'è chi ha anche meno di voi. Siete impauriti, rintanati, imbalsamati, sembra che vi abbiano portato via il mondo. Il mondo è sempre lì, è vostro.

Datevi da fare, o i miei cani si mangeranno le vostre carogne!

Le parole minacciose della Mannara ci scossero. Smettemmo di pensare a Uolstreèt e alla recessione e buttammo la televisione nel fiume.

Cominciammo a reagire. Piantammo altri semi. Zeppa scavava negli orti abbandonati, alla ricerca di patate. Ma trovava solo petrolio, e bestemmiava.

Finalmente trovò una patata, una sola, ma pesava trenta chili.

Il sindaco quando lo seppe disse: – Portiamola in dono al papa.

E suor Priscilla, che pure era donna di chiesa, disse: – Il papa si arrangi, lui e tutti quei cardinali grassi come porcelli.

Si fece il segno della croce e ci aiutò a sbucciare la patata.

Già ci preparavamo a una festa, quando ci accorgemmo che la patata era idropica, era tutta acqua, e quando fu cotta non era più grande di una patatina chips.

Ma non ci perdemmo d'animo. L'industria automobilistica andava in rovina? Riparammo tutte le auto rotte della zona. Mancava l'acqua? Andavamo al fiume coi secchi. Stava per arrivare l'inverno e faceva già freddo? Pulimmo tutti i camini e raccogliemmo cataste di legna. Ma avevamo ancora paura. Ci mancava qualcosa per venirne fuori, ma cosa?

Finché una mattina Ispido arrivò con dei funghi buoni, non mangiati dal pidugello. Gli chiedemmo dove li avesse trovati.

– Sono andato al di là del monte – rispose. – Mi sono ricordato che mio nonno mi raccontava che durante una carestia simile, cinquant'anni fa, aveva trovato dei funghi dall'altra parte della valle.

E così ci venne in mente che tutti noi avevamo un granaio o una cantina di racconti, di storie su come la gente se l'era cavata nei tempi più duri.

Piombino si ricordò che un boscaiolo, o forse uno gnomo, gli aveva detto che c'erano dei castagni così alti che nessuna malattia o parassita poteva arrivare fino ai rami in cima.

Alice andò su Internet e con la supermappa globale-panoramica individuò i castagni giganti, alcuni in Nepal, altri nel bosco dei Bolieti.

E avemmo la farina di castagne, mistocche, castagnacci e montblanc.

Poi John N'dele Sgomberati confidò a Salvaloca di avere uno zio stregone in Africa, nello stato di Gamberonia. Quando era piccolo, questo zio gli raccontava di un terribile pidocchio assai simile al pidugello. Lo zio viveva in una capanna nella foresta, ma aveva il telefonino con un roaming per l'estero e l'offerta Phantom Line con cui poteva parlare con gli spiriti. Telefonammo, gli esponemmo il caso e lo zio Leon N'dele ci disse che conosceva benissimo il wakamulu, il terribile pidocchio delle carestie. Il wakamulu resisteva a tutto, meno che alla rana papawakamulu, un grosso batrace che viveva negli stagni putridi e aveva una lingua vischiosa lunga un metro. John Sgomberati chiese allo zio di mandargliene quattro, in cambio di una maglia della Roma. Arrivarono dopo pochi giorni. Durante il viaggio avevano trombato tutto il tempo, perciò ne arrivarono centosedici. Subito si lanciarono nei boschi, sugli alberi, nei prati e vedemmo le loro lingue saettare come frecce. In pochi giorni l'orrendo pidugello wakamulu fu sterminato.
Ma le rane si mangiavano tutto, dagli insetti alle merendine confezionate, tu camminavi e con la lingua te la rubavano dalla tasca.
Come ci saremmo liberati dalla rana papawakamulu?
Non fu difficile. Una notte si udì un rumore di tuono, caddero fulmini, si sentì nell'aria il coro dell'Armata rossa e apparve un uomo con un palamidone nero. Era il fantasma, o il vero Rasputin? Non si sa, ma si udì la sua celebre risata e la mattina, su un muro del paese, apparve la ricetta delle *rane africane in salmì*.
Beh, erano buonissime.

La scomparsa del pidocchio fece sì che le bestie avessero di nuovo cibo. I maiali ingrossarono tutti, meno uno, che si chiamava René. Disse che lui si preferiva magro, e divenne indossatore di cappotti per maiali.

Le tette delle mucche si gonfiarono subito, come se fosse passato un chirurgo estetico. E il latte riprese a scorrere.

Poi Ispido incontrò il suo vecchio maestro, il capomastro Tubi, che aveva costruito l'acquedotto. Tubi gli raccontò come e dove si snodava il condotto, e gli disegnò la mappa esatta per ripararlo. – Grazie, – disse Ispido – come posso sdebitarmi? Posso offrirti un bicchiere di vino?

– Vorrei tanto, ma sono un fantasma, – disse Tubi – non ricordi che sono morto vent'anni fa, dentro quella cisterna?

– È vero – disse Ispido. – Ma se sei spirito puoi gradire lo stesso.

Così prese Tubi e lo tuffò nella damigiana, e quello ci stette due notti e si inzuppò per bene.

Toro si ricordò che un suo parente, il famoso contadino Vincenzo, detto Vangogh, era un mago per salvare i raccolti di grano. – Dimmi, – gli chiese – cosa devo fare la prossima volta?

– Uno, fai la mietitura quando le nubi diventano color grigio pastello, i corvi volano bassi e il pennello diventa molle e non riesci a mescolare i colori. Allora è il momento.

Due, cancella le nuvole e fa' il cielo sereno col pennello azzurro.

Tre, la cosa più importante: compila questo modulo in triplice copia, spediscilo ed entro sei mesi avrai il risarcimento danni da parte dell'Unione Europea.

Trincone Carogna fu anche più veloce dell'Europa. Rubò un camion di farina che era diretto a una ditta di pandori. E Selim riprese a fare il pane.

L'odore arrivò fino a Uolstreèt e la seduta fu sospesa.

Una sera, in paese arrivò Settecanal. Era magro e patito. Viveva su un vecchio yacht ancorato sul Tevere. Aveva ancora l'auto color blu, ma era un Apecar. Il suo capo e protettore e puttaniere era morto. Ci chiese come facevamo a essere così ben nutriti e allegri in tempi di recessione.

Gli spiegammo che noi eravamo lontani ed esclusi dai meccanismi delle grandi crisi monetarie, ma sapevamo bene cosa avevamo vicino.

E per noi ogni giorno è prezioso.

E abbiamo i racconti.

E sappiamo riparare le cose, voi no.

E anche se il vento ci soffia contro, abbiamo sempre mangiato pane e tempesta, e passeremo anche questa.

Il racconto del pozzo

Tutti andarono via. Solo il nonno restò.

Guardava le stelle e gli sembrava che avessero cambiato posto. Era nato un altro cielo scritto in una lingua nuova. Come quella volta che in tipografia si era rotto il telaio della pagina e tutte le parole di piombo e le piccole righe e i grandi titoli si erano sparsi per terra, senza più un senso.

Alice si accorse del turbamento del vecchio. Gli andò vicino.

– Come va?

– Bene. Ieri mi ha telefonato mio figlio. Stava bene, e anche mio nipote. E ha detto che forse verrà...

– Verrà a suonare qui?

– Non subito. Ma verrà. Sentirai come suona... anzi, forse se aguzziamo le orecchie, dato che il vento soffia da ovest...

– È ora che mi racconti la storia del pozzo, Nonno Stregone – sorrise Alice.

– È vero, te lo avevo promesso – disse il nonno.

– Quando ero giovane, ancora più giovane di te, ogni sera dovevo andare col secchio a prendere acqua al pozzo. Ci andavo quando cominciava a fare buio. C'erano cento metri dalla casa al pozzo, ma in quel breve cammino io facevo tantissimi pensieri.

Anzitutto, pensieri paurosi. Perché c'era una leggenda intorno a quel pozzo. Si diceva che fosse stregato, e che tanti anni prima ci fosse caduto dentro un bambino come me. Quando il vento soffiava tra le pareti profonde, si poteva ancora sentire il lamento del bambino che chiamava aiuto.

Anche se c'erano le stelle e la luna a illuminare la strada, camminavo tra ombre e fantasmi. Alberi, uccelli notturni e oggetti che la notte trasformava in sagome e paurosi arabeschi.

Finché giungevo all'orlo del pozzo, attaccavo il secchio alla catena e lo calavo.

Il rumore della carrucola era uno stridulo lamento, un gemito di fatica e pena che non finiva mai, come se il secchio dovesse scendere fino al centro della terra.

Poi il rame colpiva la superficie dell'acqua e udivo un rimbombo cupo, lontano, di un altro mondo.

Il secchio si riempiva e diventava pesante. Una bracciata alla volta, lo dovevo issare.

E mentre aspettavo di vederlo comparire sull'orlo del pozzo, la mia fantasia si accendeva. Non sapevo cosa mi avrebbe portato dall'abisso, quale mostro o portento.

Una sera, davanti al camino mio padre mi parlava della Fanara, uno stagno in mezzo al bosco, pieno di ninfee e libellule. Si diceva che in quell'acqua torbida vivessero strani pesci che sapevano cantare, e che gli gnomi nascondevano i loro tesori sul fondo melmoso. E che in quel laghetto ci fossero scheletri di partigiani e soldati tedeschi. E tra le felci della riva si nascondeva una strega con i capelli verdi e gli occhi da biscia, che se ti toccava ti faceva venire freddo nelle ossa tutta la vita, e non c'era fuoco che potesse scaldarti.

Venne l'ora di prendere il secchio, e andare.

Quella notte era silenziosa e magica. Un barbagianni mi volò sulla testa, e le lucciole sembravano impazzite, volavano da una parte all'altra della siepe.

Giunsi al pozzo. E mi sembrò di sentire una voce che pronunciava il mio nome.

Come ogni volta avevo paura, e una gran voglia di scappare. Ma quello era il mio compito, in casa avevamo bisogno dell'acqua. Mi feci coraggio e calai il secchio.

Mentre lo tiravo su, mi sembrò che dall'abisso salisse del vapore. E infatti, quando il secchio apparve l'acqua era calda e fumante come se qualcuno l'avesse bollita. E dal secchio sbucò un pesce diavolo, con le corna rosse e la coda come un ventaglio di corallo.

– Aiuto – gridai.

– Niente paura, ragazzo – disse il pesce. – Hai calato il secchio troppo in fondo, nei laghi infernali di Tiamtu. Ma dammi qualcosa da mangiare e non ti farò nulla.

Gli diedi una crosta di pane che avevo in tasca, e il magico pesce si rituffò nel pozzo.

L'acqua del secchio tornò fredda e limpida.

La notte dopo stavo leggendo un libro pauroso che mi appassionava molto. Mio padre mi disse di andare a prendere l'acqua. Non ne avevo voglia, era così piacevole leggere davanti al camino. Ma era il mio dovere, il mio quarto d'ora da eroe.

Mentre camminavo verso il pozzo, però, le immagini del libro mi inseguivano, e ogni ombra diventava un personaggio. Un cespuglio sembrava una strana creatura gobba, il melograno diventò un uomo col mantello. E le lucciole erano gli occhi demoniaci di un gatto nero.

Arrivai al pozzo. Da dentro veniva uno strano rumore. Una folata di vento ritmata, come un gigantesco pendolo che fendesse l'aria.

Quando tirai su il secchio, era enorme e pesantissimo.

E capii perché: nel secchio era accovacciato un uomo con un mantello di foggia antica. Aveva lunghi capelli neri, fronte spaziosa e occhi viola. Ed era pallido come uno spettro. Ma prima che potessi urlare o fuggire, mi disse con un sorriso:

– Su, ragazzo, non guardarmi così. Non sono mica un fantasma.

– Veramente, – risposi – lei mi fa un po' paura.

– Può darsi – disse l'uomo col mantello. – Ma vedi, nel cuore della gente, soprattutto dei bambini e degli artisti, non c'è mai solamente paura. Accanto alla paura c'è una risata imprevista, uno sberleffo, un ghigno grottesco. Paura e allegria a volte sono chiuse insieme nella stessa scatola, come un carillon che possieda due suonerie. Cosa sai della mia vita?

– Se lei è chi credo, mister Edgar, lei era un bell'ubriacone e scriveva cose bizzarre e spaventose.

– Certo, – rise l'uomo – mi piacevano queste atmosfere e c'era spesso una cupa tristezza nel mio cuore. Ma non ero solo un tenebroso vampiro. Ero anche scacchista, matematico, piacevole oratore e commensale. Mi piaceva correre e nuotare, attraversavo i fiumi per scommessa. Sapevo ridere e scherzare. E ho scritto racconti comici e pazzi, pieni di invenzioni. Non è così?

– Già, adesso che ci penso ha ragione. Lei era tutte queste cose insieme.

– E altre che non ti dico. Bravo ragazzo che sa sfidare il buio, eroe del secchio notturno. E ora brindiamo.

– Con l'acqua?

L'uomo sorrise ed estrasse dalle pieghe del mantello un'ampolla con un liquido smeraldino e brillante, che la luna rendeva fosforescente.

– No, si chiama assenzio, la verde fata. Scaldati la gola, ragazzo.

Mandai giù un sorso.

Non avevo mai bevuto nulla di così buono e forte. Mi bruciò cuore e budella. L'uomo sorrise, poi si mise in piedi sull'orlo del pozzo, si tolse il mantello e sotto aveva un costume a righe, come i bagnanti dell'Ottocento. Scomparve con un perfetto tuffo carpiato.

Tornai a casa barcollando, e mi addormentai davanti al fuoco.

La notte dopo sentii mio padre e un suo amico parlare di guerre e rivolte, e di come nelle nostre terre, in tempi non lontani, avessero impiccato decine di contadini che si ribellavano.

Andai al pozzo e non mi era mai sembrato così distante. Mi sembrava che qualcuno mi seguisse sotto terra, muovendosi tra gallerie e cunicoli. Temevo che da un momento all'altro un artiglio potesse spuntare dal suolo e ghermirmi.

Finalmente giunsi al pozzo e calai il secchio.

Aspettai. Un uccello notturno cantava la sua nera ballata.

Quando tirai su il secchio, era pesantissimo ma vuoto. Conteneva solo una goccia di qualcosa che sembrava sangue.

– Cosa succede, pozzo, – dissi a voce alta – non hai più acqua?

Una voce rispose dalla cavità, una voce che era rimbombo, sciabordio, pianto di carrucola e vento sotterraneo.

– Nessun mostro è peggiore di quello che si nasconde. E nessun delitto è peggiore di quello del forte contro il debole. Maledetto chi ti porta via l'acqua, chi ti deruba del pane, chi ti toglie la libertà. Il tuo paese ha conosciuto ingiustizie e crimini, e ha servito mostri i cui artigli si chiamavano autorità, partito, investitura divina o gradimento del popolo. Altri ne verranno, mostri ipocriti e ridenti, ma tutti prima o poi faranno la stessa fine. Marciranno nel pozzo profondo della storia. Non devi obbedirgli, non devi diventare come loro.

Ma verranno giorni in cui il pozzo sarà quasi vuoto. Dovrai calare il secchio tante volte, aspettare e lottare, finché troverai l'acqua preziosa per chi ne ha bisogno. Ti diranno che l'acqua è altrove, che ci sono modi più facili per averla, ti venderanno acqua d'oblio oppure avvelenata, ti uccideranno dicendo che l'acqua è soltanto loro. Ma conserva la speranza, torna ogni notte, cala il secchio e resisti, non aver paura.

Calai nuovamente il secchio, lo tirai su a fatica, la carrucola sembrava inchiodata dalla ruggine, le mani bruciavano per lo sforzo. Il secchio uscì pieno a metà, ma ci bastò.

La notte dopo c'era una bufera di pioggia e vento. Mia madre disse: – Meglio che tu non esca. – Spalancai la porta e mi lanciai nel buio. Persi la strada due volte, finché un fulmine non illuminò le tenebre, e vidi il pozzo.

Calai il secchio, e mentre lo tiravo su la pioggia lo faceva crepitare e cantare.

Trionfante lo afferrai e con un gesto della mano sfidai il cielo nero. Ce l'avevo fatta, anche quella notte.

Sentii allora una voce triste che mi chiamava. Vinsi la paura e guardai giù nel fondo.

Vidi il volto di un bambino che guardava all'insù.

Tremai di paura, ma poi guardai meglio. Ero io, riflesso nell'acqua, imprigionato in un piccolo mondo d'acqua scura.

Così alzai il viso, mi guardai intorno e vidi la notte sconfinata, le stelle, le nuvole che correvano spinte dal vento furioso e capii cosa voleva dire non essere prigioniero, e quanto valeva la mia libertà. Corsi a casa.

Da quella notte, per tutta la vita ho pensato, faticato e lottato per restare libero.

Poco tempo dopo arrivarono l'acquedotto, i rubinetti, l'acqua calda. Cose bellissime che ho imparato ad apprezzare, e che tu, Alice, forse apprezzi in modo diverso, perché sei nata insieme a loro.

Ma non ho mai dimenticato quei passi di notte, e la magia di quel pozzo, le mie visioni e le mie paure. E il sapore di quell'acqua bevuta nel mestolo di ferro, e il sorriso di mio padre e mia madre quando rientravo in casa.

Loro non conobbero tutta la mia paura, e io non conobbi mai l'ansia della loro attesa, di tutte le loro attese.

Anch'io ho atteso di notte il ritorno di persone che amavo. Anche tu lo farai.

Ora che sono vecchio, posso dire che ogni giorno della mia vita sono tornato a quel pozzo. L'ho fatto quando la notte era limpida e quando c'erano oscurità e tempesta, nella nebbia e tra i fuochi fatui, solo o con qualcuno al fianco, pieno di paura o cantando. E col passare degli anni, il pozzo mi è sembrato sempre più lontano e il secchio più pesante. Ma oggi come tanti anni fa, questo era il mio compito e la mia faticosa gioia. Era quello che potevo fare. Era l'acqua preziosa per noi tutti.

Nell'acqua che ho portato molti hanno bevuto, si sono lavati le ferite, si sono specchiati e hanno visto un riflesso di luce. E quando ero disperato, ferito e piegato, qualcuno è andato a prendere l'acqua del pozzo per me.

Capisci, Alice? Non perderti mai d'animo, per quanto la notte sia buia e le stelle siano inquiete, vai, anche se sei piccola, col tuo secchio pesante. Il pozzo esiste ancora.

– Lo cercherò – disse Alice.

– Questo è molto importante. Vai con Piombino e portatemi dell'acqua. Ho sete.

– Corro, Nonno Stregone. Ma tu aspettami...

Il canto del bosco

Il Nonno Stregone si sedette sotto una quercia.

Sentì la corsa di Alice che si allontanava, facendo frusciare il tappeto di foglie.

Il bosco, pensò, è un abile direttore d'orchestra. Riesce a mettere in scena due grandi cantanti un po' invidiosi uno dell'altro: il silenzio e il rumore.

E poi c'è l'altra primadonna dolce e collerica, il vento.

E con loro l'orchestra dei grilli, degli uccelli, delle foglie, e tutti vanno a tempo anche senza direttore.

Sotto le radici dell'albero il Nonno Stregone sentì pulsare il continente delle ife, gli infiniti labirinti di vita. Sentì scorrere l'acqua e la linfa, sentì scavare, rodere, nascere e marcire. Sentì le radici bere, e la nostalgia dei morti per il sole.

E sentì sbuffare uno gnomo che spingeva su un porcino, perché questo è il loro lavoro, far spuntare i funghi. Anche quelli velenosi, perché così è la natura.

Sentì lontanissime le note di un pianoforte.

Dal cantiere non veniva più nessun rumore. I lavori erano stati sospesi, i macchinari arrugginivano inutili. La grande bocca del cartellone aveva già i denti cariati. La gru era volata via.

Il Nonno Stregone si sentiva stanco, molto stanco. Quella mattina aveva compiuto solo metà delle ventisette azioni dell'uomo civile.

Bastava, forse, dimenticarle una per una. Fino a respirare, e basta.

Iniziò a piovere. La pioggia fece parlare le foglie, ogni foglia una parola.

Una foglia gli cadde in testa, poi un'altra.

Sì, disse a occhi chiusi, sto diventando un vecchio albero in un bosco. Gli alberi diventano pagine, il libro mi circonda.

Sarebbe bello durare quanto i racconti che abbiamo ascoltato e che raccontiamo.

Ma loro dureranno più di noi.

Ebbene, pensò il Nonno Stregone, questo era il nostro compito e lo abbiamo fatto bene. Sentì il rumore del secchio che arrivava sul fondo del pozzo, e si riempiva d'acqua per l'ultima volta.

Pensò alla sua sete e a quella degli altri.

Guardò le stelle fioche, quasi invisibili.

Hai ragione, saggio e stolto Melone: tutti meritiamo di più.

Ora il bosco sembrava più buio, e il nonno sentì un brivido di freddo. E capì che la tempesta che stava arrivando sarebbe stata la peggiore delle tempeste.

Manitù, pensò, proteggi chi dovrà camminare contro quel vento, soprattutto i miei ragazzi.

Cominciò a piovere forte. Ma la chioma dell'albero lo copriva.

Voleva alzarsi in piedi e andarsene, ma il muschio era così morbido, e il rumore della pioggia così amico. Non aveva più freddo.

E sentì un buon odore.

Lavanda e peperonata.

E sentì, distintamente, un pianoforte suonare. Ogni altro rumore cessò e il bosco fu incantato.

Il nonno seguiva la melodia a occhi chiusi.

Da qualche parte Alice e Piombino lo chiamarono.

Mai come quella volta, le voci dei ragazzi gli sembrarono amiche, chiare, meravigliose.

INDICE